三天

朱國珍

目次

導讀

苦難書寫：靈魂的強度

高榮禧

精神分析或心理治療小說，在西方近代文學史上屢見不鮮，以早慧少男的眼光追尋母親傷痕累累的一生，《三天》所提供的視野在國內文壇可謂耳目一新。

創傷

女性文學強調敘述者本人過往創傷經驗其來有自。伍爾芙（Virginia Woolf）就曾側寫自己亂倫／創傷記憶的家庭，她也透過寫作來調解受壓抑的情緒，並從痛苦中創造有意義的價值。

西蒙波娃（Simone de Beauvoir）也看重追悼已逝的童年，強調別去隨順男主女從，妻以夫顯等父權邏輯，警醒女人要提防非主體化的自我陷落。《三天》小說中開宗明義指出：「請給我三天的時間」。出走，有時也可以是強力的姿態，不完全只是逃避。當個體生活的連續性遭逢破壞危機時，重要的是如何將苦痛創傷透過敘述予以外化，重新演出經驗並修復其故事，受傷害的個體才不致處在「失語症」的狀態。

《三天》便嘗試著描繪出原本失落的母愛在女主角作爲新手媽媽之後，如何辛苦重建的過程。精神分析師Melanie Klein認爲，母親是嬰兒生活的中心，一旦母親移走乳房（及所代表的母愛），嬰兒會覺得自己身上某部分也被移走了，因此痛苦難忘。對書中女主角而言，理想的母親應是能抵擋老鷹抓小雞的勇敢母雞，但現實中對於拋夫棄子的母親，卻只能調侃地以「女性主義先驅」合理化母親的任性。母親稀疏的愛充其量只能用一個爲女兒所做的很扁的蝴蝶結來象徵，這似乎也爲女主角後來自己不太能勝任的母職投下了罩影。在與自然生產相對立的剖腹產後，女主角透過兒子的猜想，她「感覺到自己像個代理孕母，而不是一個眞正的母親」！兒子的猜想何嘗不是她的疑惑？透過Klein所謂「修復」（reparation）的努力，個體才能置換先前創傷的破壞力。其中透過生命中重要他者的確認（不管是兒子，或情人），對自我的定位至關重要。這也可以從小說中不斷著墨於兒子不時想與母親過度親密的欲求（常以精神分析所謂返回子宮的無意識爲特徵），亦撐托並投射出女主角本人對母親關係的一種再生願望（即便已壓抑至深）。

愛

整本小說最令人無奈的是：對相知相惜二十年的丈夫絕望。比如，女主角臨盆時，丈夫還因肚子餓堅持要去找早餐吃；他送的名牌包原都是假貨；兒子在飛機上發燒好像跟他一點關係也沒有。這位有美國籍的丈夫所熟悉的美國生活，很快也被女主角發現與她在電視影集裡看到的非常相似。他在美國已沒有朋友，卻常在台灣發出豪語：「想當年我在美國⋯」或「你們台灣人⋯」；當兒子問他最愛誰時，他不假思索：「人生第一要愛自己」！

離棄的母愛，自私的丈夫，讀者不難理解爲何《三天》中對愛本質的反思與論述甚多。即使飽受原生家庭的創傷，女主角克服了無愛童年的恐懼，她所詮釋的愛呈現出靈魂的格局，尤其當她自己也成爲一個母親之後，願意擺脫陰影勇敢向兒子述說愛；書中因此不乏許多帶箴言性質的討論，比如「愛讓人堅強，也讓人崩解」；「我覺得世上最可悲的就是你愛一個人卻用錯了方式；更可憐的人是明知道愛錯了方式，卻還要繼續愛與被愛」；「這世界有什麼是愛無法克服的？那就是愛是愛本身無法克服」。針對丈夫的只愛自己，我們看到女主角從她的父親哪裡複製的經驗卻是：「人活著，並不只是爲了自己。那一刻她明瞭了愛一個人就要爲他推石頭，即使日復一日的絕望⋯。」但若面對如此不幸的女人，存在精神分析師羅洛梅（Rollo

May）在《愛與意志》書中的建言或許亦值得考慮：「兩性關係中眞正的惡是相互控制⋯，即使離婚率增高，也有積極的心理效果：它使夫婦們越來越難以彼此不可折散的信條爲口實，把他們不幸的婚姻合理化！」——除非尚有另他更好選擇的希望。

寬恕

法國精神分析學者Julia Kristeva在其所著《黑太陽：抑鬱症與憂鬱》一書中，以杜斯妥也夫斯基的苦難書寫爲例，認爲「寬恕以愛爲名，透過持續的歷史追尋，發現當內在於愛的自戀式滿足與理想化兩者緊密聯繫時，具備了特有的、新生再造的潛能。」在《三天》裡，亦具備了同樣的精神，像是女主角的父親對待她的母親，以及女主角之於自己的丈夫與母親。透過兒子的口吻，我們知道女主角「希望命運的不仁慈就到她身上爲止，再也不要傷害任何人」。而這位早慧的少年又何嘗不是如此：「我用妳愛我的方式愛妳，最簡單的幸福，只要我愛的人快樂，我就得到快樂」、「今天的身體只是明天的廢墟，我留戀的是眞心，只要眞誠面對自己，悲劇英雄也可以扭轉命運」。扭轉命運的悲劇英雄正是伊底帕斯，在蘇弗克里茲所寫的續集《伊底帕斯在科羅納斯》，早已刺瞎雙眼的伊底帕斯流浪二十年後，他的遺言竟是：「有個字足以化解所有的困苦，那就是愛」。

愛讓人學會寬恕。正如同作者所言：「童貞總有一天會失去，任何一種形式都是殘暴的剝離，只有愛能決定是美麗還是陰影」。是的，風箏若要展翅高飛，也當學會鬆脫繩纜，才能越飛越高。小說結尾的溫暖色調，又何嘗不是暗示著，人與人之間的善美隨時存在，因爲「愛是這麼容易，只要我們願意」。

值得一提的是，《三天》這本小說的創作手法亦翻新了小說的形式。全書分三大段（各占一天），有著當代美學中突出的嵌套手法。一如美術中的「畫中畫」及電影中的「片中片」。三天也在每天中嵌套一則短篇，像是第一天的〈臨時演員〉；第二天的〈胖叔叔〉；以及第三天的〈牆〉，並且各有不同的敘述切角。〈臨時演員〉託妹妹的口吻輾轉供出其姊身上的亂倫傷害（來自兄長及母親男友）的主題，悲哀地提出人生只是一場演出的論調：「爲什麼不能夠假裝忘記？有些傷心事也許不被提起反而比較快樂，就當作沒有發生過一樣！」〈胖叔叔〉則改以本人視角點出敘事者的母親過往在情感上的複雜遭遇，及對家庭的負面影響，並影射出一段滲雜著靈異民俗「是愛非愛，將息未息」如陰魂般的愛戀。最後一篇〈牆〉則進一步以張愛玲的〈傾城之戀〉相關愛與逃遁之張力主題，作互文性改寫之發揮，將俗世情感上綱到「我是打坐的精靈」層次，堪稱妙筆。三篇實驗性強，各有不可取代的獨特面，且整體風格亦符合父權下女性語言被迫分崩離析之實況。所幸作者仍勉力以兒子眼光爲主軸來貫穿三天並予以統整，令女主角零碎坎坷的生命歷程，得以重獲一有力的結構。

我曾經在書店架上看到一本標題爲「美得讓人傷不起」的書，心想不過是通俗心理學故作誘人的噱頭，便連拿都懶得拿下來翻閱，因爲世上充斥的盡是對美傷害的行爲，貼切的説，有些還進行得頗爲專業。但讀完《三天》這本小説，才事後諸葛地驚覺，這句話，是有點道理。

小説中作者提到：「美麗的女人下場都很安娜・卡列尼娜！」又説：「命運最愛挑選沉默的童女做最殘酷的試煉。」看來這樣的邏輯也很適合：「歡樂的男人千篇一律，不幸的女人則各有各的不幸！」包法利夫人不也有她獨特的不幸？福樓拜不是邊寫邊爲之流了不少淚？但這裡《三天》的女主角，又是哪種不幸呢？作者在緊密羅織的佈局當中，推展出華麗而神祕的謎語。在滄海一粟的年輪光譜中，究竟誰才是最專業的臨時演員？

那麼就花三天的時間，好好看完《三天》吧！

本文作者爲新竹教育大學藝術與設計學系教授

第一部

一月一日

一

她離開家的時候，留下一張紙條，上面寫著：「請給我三天的時間。」

那是一個新的曆年開始，一月一日。

就在發現紙條的十個小時前，我正進行著生命中第一次的倒數計時，在城市裡最熱鬧的廣場，與朋友簇擁著，推擠著，叫囂著，隨著舞台上激狂的身影搖擺，歌唱。我其實不太清楚那些流行歌手都在唱些什麼，但是大家都說要跨年，要狂歡；最高建築物的煙火是我輩平庸生活裡的聖山，一年只有一次，相約朝聖，棲身於攝氏五度的氣溫中，嘶吼歡笑直至疲累。有一度我幾乎以爲我要睡著了，深夜十一點二十八分，如果我在家裡，已經夢到太平洋裡騎抹香鯨；但是，爲了朋友，爲了義氣，我在極度困惑中強忍睡眠的衝動，與大家一同舉手，扭動，發音。我眞的不知道我在唱什麼，反正現場非常吵雜也不會有人認眞聽我是不是恍神在念大悲咒。終於，巨大的麥克風傳來倒數計時的呼喊，五、四、三、二、一，碰！碰！碰！四百八十秒的時光中，璀璨星空，剎那的美，瞬間發光，轉眼即逝。煙火的光芒比星星還短暫，但是卻比星星近。千萬顆齊發的人造星星是視覺藝術的終極奢侈品，它可以花大筆財富買到，卻無法永久留存。

最後一顆煙火的影子，緩緩滑落天際，無聲無息地消失在黑夜裡，衆人的嘆息也跟著停止，緊接著開始另一種雜沓移動的匆忙，紛紛挪移，往捷運、停車場、ＫＴＶ。新的一年，世界的腳步聲，仍然川流不息。

我的朋友們說，要去二十四小時營業的速食店裡繼續等待黎明，不過我已經沒有體力了。跨年晚會是一種非常熱鬧的集體大拜拜，進香者個個都虔誠，在喧囂噪亂的儀式中，以盲目來洗滌身心靈。可是我讀過一句此刻我完全無法回憶起姓名的哲學家名言，讓我印象深刻且私心當作是自己的小聖經：「絕對不要勉強自己。」

是的！此時此刻，要我再去速食店裡喝可樂，吃薯條，撐著眼皮鬼扯連投票權都沒有的少年心中國家大事或江湖恩怨，那就是在慢性謀殺我自己。對不起，老爺不想幹，而我確實也幹不來。十二萬人同時擠進的廣場讓我從晚上七點就開始缺氧，想上廁所更是除非有輕功可以從人頭上飄忽踩過，否則走到廁所撇個尿可能一輩子別想再擠進舞台前方的貴賓席。因爲如此，我現在懷疑我的腎可能已經開始回收我的尿液，作為我的身體在晚會下半場所需要的水分。

新年新希望。

無論如何都要這麼想，現在是一月一號，全新的開始。路上有人在親吻，有孩子在哭鬧，好幾顆氣球緩緩飄向天際，黑夜裡看不清楚顏色，我只知道有一顆是米老鼠的頭。我的哥兒們邊走邊跳舞，其中有個人突然間摸了一下同行女孩兒的額頭，他說要幫她量體溫，測試她是不是冷血動物。一群青春男兒涮啦啦地發出爆笑聲，女孩們嘟著嘴，接不住這個梗。

突然間，我發現有人在打架。

這簡直是吳宇森的暴力美學電影實境版；一邊是瀰漫跨年聖壇風雲慶典的歡樂人群，偶爾還有幾隻來不及跟上同伴在倒數計時的最後一秒展翅高飛的迷路白鴿，零星翩翩降落在各地，黑夜裡潔白的鳥體混雜在人群車陣中彷彿末世預言。

另一邊，一名戴著棒球帽、身穿黑色皮夾克的男人，不斷出手痛毆一個已經蜷縮在機車旁的男人。一開始吸引我目光的原因，固然是因為有人在打架，且伴隨高分貝的吆喝怒斥聲，讓路人紛紛側目指點。我形容「打架」其實並不客觀，正確來說應該說是一個體型高大的男人，出手痛打另一個身材矮小的男人，而那個被毆打的小個子，一邊用左邊彎曲的手肘與伏貼的手掌試圖保護自己的頭顱，另一隻手肘則搭配著左腳死命攀爬，幾乎沒有還手的餘地。但是更令我好奇的是，暴力現場旁，緊挨著一輛殘障專用的機車，就是那種後面有三個輪胎，座椅旁邊多出兩個小平台可以放置輪椅或枴杖的殘障專用摩托車。因為佇立旁觀，接著又發現，被打的人似乎非常努力的想要往機車上爬。形容他以爬行的動作前進一點都沒有誇張，因爲他只能依靠著一隻手與一隻腳的力量，另外一條始終沒有使上力的右腳，在一陣混亂之中，褲管捲到了小腿肚上，我發現，他的那隻腳是萎縮變形的。

我走上前去，想要阻止這場不公平的戰鬥。無論事情是如何開端的，出手打人都是不對的行爲，但是我還沒有開口說話，我的哥兒們已經團團圍著我，不想讓我加入這個事不關己的戰局。

……。

突然間一切變得沉默。

……。

片刻深邃而靜止的沉默突然讓我憶起很久很久以前，曾經歷過同樣的安寧靜謐，彷彿是混沌太初的源頭，只有循環不斷的汩汩水聲在我耳邊滾動，那幽暗卻釋放熱力的溫床肉膜，是女人的子宮。我曾經服貼在那骨中骨與肉中肉裡，如今重新體驗胚胎時期的寧靜與沉默，竟感覺這似乎才是一生中最安全的時光。

沉默……。

讓原本唱著歌、逗著女孩、或邊走路邊意猶未盡跳著舞的年輕人、汽車的引擎聲、商店的喧囂人群、步行的民眾，都變成了默劇裡的人偶。世界彷彿靜止不動，只有我的眼睛睜開著，看著烏黑的天際，那兒是我的初始生命來源之地，我以爲我可以看到星星，卻是沉默與漆黑迎接我，在新曆年一月一號的凌晨。

二

她說「請給我三天的時間」。

我知道這一天終究會來臨，在我很小很小的時候。她總是若有所思，有時候她的靜止會讓我忍不住懷疑，是否她正在專心傾聽來自遠方的呼喚？我發誓有次我眞的親眼看見她的耳朵爲了接收某種訊息而顫動了一秒鐘。應該這麼說，在一秒鐘之內，她的耳朵像蜂鳥振翅般的瞬間鼓動，因爲動作太快，而讓我不相信自己的眼睛所看見的非現實演出。我說「演出」一點都不誇張，她很會作弄她的臉，有時候會把兩顆大眼珠往鼻樑集中，裝出鬥雞眼；或者把腮幫子鼓起飽滿的氣，讓臉膨脹成可能即將升空的熱氣球。

她還會跳街舞，最經典的是跟著電視裡的寶來塢歌舞片，捲起蓮花指扭腰擺臀，並在客廳僅有的空間中飛馳，直到自己喘不過氣來才休息。我不敢說她跳得不好，曾經有一次她正在唱歌，唱那首她最喜歡的〈流水年華〉，當她唱到「勸君一聲多珍重，眼兒也朦朧」時，我開玩笑的把抹布塞進她的嘴巴，她氣得流下眼淚，跟我說：「你要用這種方式傷害別人，會讓對方受辱一輩子。如果你不喜歡聽我唱歌，你可以好好的跟我溝通，但是請不要摧殘別人的尊嚴，用這種極端的方式表達你的厭惡。」

那時候，我才八歲十個月。她說的話裡有些國字我不但不會寫，就連意義也都一知半解。像是摧殘與尊嚴。

我只知道，那次純粹因爲好玩而將抹布塞進她的嘴裡，阻止她唱歌的事件之後，我再也不敢批評她的任何藝術表演行爲，除了唱歌、跳舞，還包括烹飪。

所以我記得，當時看著她跟著寶來塢電影中的女主角展開旋轉大劈腿以及飛躍彈跳等動作而累得喘不過氣來時，我終於鼓起勇氣跟她說：「媽媽你不要再跳了，妳如果扭到腰，明天就沒有人燒菜給我吃了。」

是的，「她」就是我的媽媽。

就算常常罵我也會常常跟我聊天的媽媽。

當她不再使用語言，而是簡單寫下「請給我三天的時間」這八個字的時候，也是一月一號那一天。一個全新的開始，她選擇離家出走。

我剛開始以爲她在開玩笑。就像她在我小時候最嚴厲的處罰，就是跟我說：「安安，我告訴你，你要是繼續這麼不講理，任性而爲，從現在開始，我三天都不會跟你講話。不跟你溝通。我就當這三天我沒有你這個兒子，你也沒有我這個媽媽。」

但是哪裡需要三天，常常不到三十分鐘，她又變身成爲一個任勞任怨的母親：「安安，你的水果吃了沒」、「安安，功課寫完了沒」、「安安，先刷牙再去洗澡喔」。

明明知道自己無法拋棄兒子與母親的身分而存活的女性，爲何總是會隨便說出「我再也不要理你」或「再也不要跟你講話」這一類輕忽的語言？我總是忍不住揣想著，在她說出「我再也不要理你」這種詞彙的時候，究竟是眞的想卸除她再也無法承受的母親責任？還是只想狠下心來樹立專制的威權？因爲我的不服從與不講理，讓她使出「拋棄」的絕招，這一點，確實令我感到惶恐。無論如何，那時我只是一個八歲的小男孩，母親是我的老大，是我的老師，是我的一切，也是我的情人。

我趁她睡著的時候偷偷親吻她的臉，我明白她清醒的時候也經常讓我這麼做，但是在睡夢中親吻她的臉，讓我感覺像個王子。就是童話故事裡寫的那種，會解救公主的英勇紳士。我愛她，最害怕聽到她說她不要我。我只有在面臨這種分裂的痛苦時會流下眼淚。我愛她，清清楚楚的記得，從開始到沒有結束。

小時候常聽媽媽稱讚我，從嬰兒時期我就是個會吃苦的男孩，打針不哭、肚子餓不哭、生病發燒不哭、不買玩具也不哭。唯一讓我催淚的武器是媽媽不要我。

「再說一次，我眞的不愛哭嗎？」我常常纏著母親，要她說我小時候的故事。

「眞的，你是個勇敢的小孩。」媽媽堅定的回答我。

雖然她提到我的童年故事時，偶爾都會加上一句：「我本來根本不想生孩子。」這時候，我會假裝生氣怒目，皺眉擠嘴斜瞪著母親，表示我的抗議與憤怒。媽媽用她笑盈盈的眼睛凝視著我，溫柔的跟我說：「可是我還是懷胎十月把你生下來了，肉肉，我的小肉肉，媽媽肚子裡的小肉肉，一轉眼長這麼大了……。」

關於孩子，媽媽曾經說過，因爲爸爸在前一次的婚姻中已經有了一個兒子，所以他對於第二次婚姻中的妻子再度懷孕這件事絲毫沒有任何激情。而我媽媽自己，更是不止一次的對我明白表示，她從小到大都憎恨小孩。請注意，她用的是「憎恨」這兩個字。她看到小孩完全沒有任何好感，連假裝都不想假裝女人的母性向那些吵個不停的小孩噓寒問暖。她說她不知道如何跟孩子對話，她不想刻意改變聲調發出娃娃音，更不想降低智慧使用裝神弄鬼的疊字語彙與孩子們溝通。

要不是，要不是，那個舌粲蓮花的男人，那個在聖壇允諾「貧無相棄、病無悖離」的男人，不斷的在她耳邊遊說：「相信我，我大你十二歲，許多跟我同年紀的女性朋友，當初也是新潮時尙講究自我主張的前衛女，或許因爲事業忙碌，或許因爲排斥小孩，或許因爲沒有時間，總之，年輕的時候不生，到了像我這樣的年齡，已經生不出來。上帝造人，爲何賦予女性一個子宮？這是一個皮囊，一生注定要飽滿一次，如果子宮從來沒有滿過，始終一如處女般空蕩，是無法成全一個女體成爲一個眞正的女人。最後一點，也是最重要的，我們兩人這麼相愛，但我姓我的姓，妳姓你的姓，我們始終是來自兩個血緣完全不同的家族的個體，我們因爲相愛而結合，但妳還是妳，我還是我，只有讓我們的精子與卵子結合，孕育出我們共同的下一代，才是一個家的圓滿，眞正的愛的結晶。」

當然，我那感性的母親，聽到最後一點也是最重要的一點時，默默掉下了眼淚。她相信這個男人是愛她的，愛到願意無怨無悔地貢獻精子，成就因愛而交融的血脈。

當然，還有最務實的四十天的產休假。媽媽說那時候她的職業生涯遇到瓶頸，很想暫時遁逃，卻又缺乏辭職的行動力，加上我爸爸的肺腑之言，讓她做出一個她自以為兩全其美的決定，也就是說，她不敢貿然辭去工作卻願意打破自己的誓言在一個處女的子宮中孕育全新的生命，然後以此為冠冕堂皇的最正當理由，義正辭嚴地向主管申請四十天產假，讓她喘一口氣，休息一下，再繼續思考人生。

也就是說，愛的結晶並不是最重要的，最重要的是她想要遁逃。

所以她到底有沒有想清楚自己是否已經準備好了要成為一個母親，而不是讓純潔如聖地的子宮因為年齡大她十二歲的父親建議而羊水飽滿，蛻變為閱歷豐富的男人所建構的眞正女人？

她後來回憶起，就在驗孕棒出現兩條線之前不久，某個夜晚，她夢見一隻遍體發出青色螢光的小蛇，從不遠處閃爍照耀光芒的水晶洞窟裡爬出，她剛好就躺在水晶洞窟的前方，無能為力的，讓這條小蛇迅速靈巧地鑽進了她的褲襠。

那是一個噩夢。她說。當時她很惶恐，卻又覺得有一股溫暖，因為發光的地方太美麗，像是琉璃珠寶瓔珞法喜充滿之地。只是她天生對「蛇」這種冷血動物沒有好感，所以一直認為這個夢是噩夢。

說來巧合，我正是蛇年出生的，而且是最正港道地的一條蛇，三月懷胎，十二月出生。從頭到尾都在蛇年，純粹的屬蛇。

這應該是我母親始料未及的命運。

三

三天，會有多長？

我的父親還在床上沉睡著，絲毫不知道他心愛的女人已經消失不見。

他巨大的身軀斜躺在雙人彈簧床上，棉被只裹住了他的身體，一雙赤裸的腳掛在床沿，在萬象初始新的一年開始的盛冬早晨顯得這麼孤單。他的大拇趾趾甲尖部，浮現著灰黑的瘀青顏色，我一直以為那是他撞到硬物造成的瘀血，可是這墨色瘀塊卻打從我有記憶起從沒消失過，後來他跟我說，這是灰指甲。他所工作的藥廠正在研發治療灰指甲的藥物，一旦研發成功，可以造福許多像他同樣被這種疾病困擾的人。

小時候我常常看他的腳趾頭，那時候爸爸腳趾頭周圍的皮膚圓潤豐滿，摸起來還有一點滑滑的感覺。他常常笑說，這是因為腳總是被包覆在襪子裡，保護得很好，所以腳部皮膚比他身上任何一個部位的皮膚都要美麗。可是現在，他最引以自豪的腳部皮膚也皺縮了，而且伴隨著脫皮，一個個像是水泡破皮的疤痕，在他的腳趾頭附近刻出歲月的地圖。唯一不變的是那雙同他身軀一樣巨大的腳掌，即使如此，以我現在的年齡看來，那也是一雙面積跟我差不多的腳掌了。

小時候我總覺得父親是偉大的，不只是因為他的身高，雙腳，還有他所有的一切，他的聲音，他的行爲，他的能力，他的品行。他是我的神。

我媽媽也不止一次說過，爸爸曾經是她的神。

哦……爲什麼要用「曾經」這兩個字？

很久很久以前，爸爸曾經站在媽媽的世界中心，統御著她所有的理性與智慧。他沒有錢，長得也不是挺好看，勉強及格的是那高大的身材，容易予人體型上的安全感。他總是傾聽媽媽說話，說著她平庸平淡的生活，她巧妙的逃避自己的生命故事，將熱情集中在詩與文學。

我是清都山水郎，天教懶慢帶疏狂，曾批給露支風敕，累奏留雲借月章。詩萬首，酒千觴，幾曾著眼看侯王。玉樓金闕慵歸去，且插梅花醉洛陽。

他靜靜地聆聽著。

這一輩子，他從來沒有遇到過一個女孩子，談話未及二十分鐘就念詞給他聽。而她唸得這麼自然，這麼隨興，好像她已經融化在這首詞裡，她就是那個清都山水郎，她就要醉在洛陽賞梅花。

這樣的女孩……。

那是一個普通的飯局，幾個認識的朋友又找了幾個你認識我我認識他他又認識你的互相牽拖的朋友們，來到一個義大利餐廳，聊著一些言不及義的話題，說一些流傳已久的老笑話，其中有幾個中年男子帶著婚姻之外的女性密友，還有一些是未婚的男性與女性。

飯局來自於媽媽第一份正式工作的社交，也是她踏入社會的第一步。縱然她始終懷抱著成為一個作家的夢想，可是現實生活裡，光靠寫作是無法餬口的。她必須找一份固定收入的工作安定自己的生活。

飯局六點半就開始了，可爸爸硬是拖到九點鐘才來。他原本設定這又是個曠男怨女打發時間無聊嘻哈的排遣，畢竟力邀他前來晚宴的大哥，就是這麼一個喜歡湊熱鬧看熱鬧亂點鴛鴦譜的大哥，那個曾經在美國的餐館非常照顧他的大哥。很久很久以前，大哥做餐廳經理的時候很照顧他可卻也始終把他當作小弟使喚，直到物換星移，小弟已經離開餐廳，在金融業發展成為專業經理人，大哥的記憶卻依然停留在華埠餐廳裡的胭脂金粉，一群人到了台北，在紅男綠女的飯局中，大哥仍舊習慣找他來壯大聲勢陪襯門面湊個熱鬧的整數。

他對大哥來說只是一個數字。

數字是沒有感情沒有意識沒有自我，任人主張，隨序排列的；直到他看見媽媽。

那是一個以人的形體而存在的靈魂。幽微的散發出光，在她淺淺的笑容裡，明亮的眼睛裡。爸爸後來常常提起，說他不是文人，他無法具體形容媽媽的眼睛，那種揉合著智慧與天眞，早熟與懵懂，彷彿洞悉人情世故又帶著一股什麼都不想管的傻勁，令他好奇，令他流連，令他難忘。

然後出現了那首詞。

自從文化大革命以後（雖然我父親還沒有老到以及不幸到經歷那個年代），但是他確確實實這樣跟我說，自從共產黨焚書坑儒進行階級革命之後，他再也沒有聽過女孩子念詩詞。爸爸自詡出身書香世家，詞與詩雖然格律不同，但他多少也知道李清照、歐陽修、辛棄疾。更不用說詩仙李白、詩聖杜甫，甚至舉世知名的印度詩人泰戈爾、美國詩王惠特曼他也略知一二，大學時代爲了追求美學經驗的提升，特別選了連白人自己都不太愛選修的美國藝術史，對於當代工藝、建築、繪畫、雕塑有了入門的瞭解，但是詩啊！詩！

「清都山水郎，爛漫帶疏狂，讀詩一萬首，飲酒數千觴，將相君王誰鳥他，榮華富貴狗不理。我只要帶上一朵梅花，大隱隱於市朝，整天喝醉都甘願。」

這是爸爸當時從媽媽醇美的聲音中，對這首詩的理解。這樣豪邁的文字，出自一個女孩子的口吻，是她最喜歡的詞，創作於一個叫做朱敦儒的南宋詞人。這個姓朱的不是最有名，也非顯學，更不是文學史上被朗朗上口的正統宗派，他活在邊陲，朝廷兩次叫他做官他都不應，最後勉強入朝做個祕書郎，耿直做到退休，從此，再也不入江湖。

你會因爲一首詞而愛上一個人嗎？

媽媽說，她就因爲這首《鷓鴣天・西都作》愛上了朱敦儒。那麼爸爸呢，他是因爲朱敦儒而愛上了媽媽嗎？我們總是要找一個藉口去喜歡一個人，然後在無法善終的故事裡怪罪那個媒介，說些什麼像是因爲月亮太美，或因爲燈光很曖昧之類的理由，而輕易放過那顆悸動的心，不敢承認眞實的觸媒是荷爾蒙或費洛蒙作祟。喜歡就是喜歡，在那個瞬間，那個人就是這樣剛好擊中你的詩情記憶，卡進了生命裡的感情洞穴，深深地，陷進去。

三天，無法專心工作。那一年他三十七歲，應該算是個成熟的輕中年男子。

他打電話給她，中英文夾雜地說：「我只是打個電話來say hello。」電話那一頭怯生生的聲音說：「喔！喔！我從來沒有跟商人做過朋友。」「商人並不是怪獸。」「商人重利輕別離。」「喔！喔！」這次換我爸爸牙齒打結：「並不是每一個商人心中都無祖國。」

其實只是想約她出來喝咖啡，再見一面，再看一次她的眼睛，清澈如水的眼睛。有這麼難嗎？

第三天，他約她出來到林森北路一間有著三十年歷史的老咖啡館聽音樂。據說這間咖啡館老闆是個樂癡，在店裡收藏了貴重的高級音響，放出來的音樂如絲綢般纏綿，如封藏二十五年蘇格蘭威士忌香醇。

這確實是一間老店，老到連棗紅色地毯應該也有三十年的歷史，而瀰漫著一股霉味。裝潢融合了巴洛克與福建閩式風格，在八角形的窗櫺旁邊矗立著一根白色羅馬柱，接近天花板的頂端雕刻了一尊長著翅膀的小天使在拉小提琴。不遠處還有一個架設在牆壁上的大同電風扇，那種古舊的，漆成綠色的不鏽鋼材質的老式電風扇。這間咖啡館的歷史觀不只存在於多元跨界的設計，就連音樂也是跳躍閃爍的。放完了鳳飛飛的專輯之後接著披頭四，然後鄧麗君高歌〈何日君再來〉，江蕙〈酒後的心聲〉隨之登場，酒醉不能駕車，開飛機總不犯法，電影《捍衛戰士》Top Gun的主題曲〈*Take my breath away*〉突然響起，霎然讓人果真無法呼吸。錯亂的品味，迷離的空間，參差的設計，跳tone的音樂。你以爲這樣可以把到喜歡的女孩子嗎？

但那些對爸爸來說都不重要，他只想跟她說，他很喜歡她。從看到她的第一眼，那種江湖與我何干的傻勁兒，那種我就是清都山水郎的自信，那種活在自己的世界裡的純眞，是他閱歷無數卻從來沒有見過的。他眞的只想跟她說一聲：「我好喜歡妳。」發乎情，止乎禮，他沒有別的企圖，只是不想隱藏對她的好感，而將機會蹉跎。

「我對人有一種直覺，我看一眼就知道這個人的質地，而妳，就是會讓我覺得很好的女孩子，很純眞的女孩子，是我喜歡的典型，是我要的女孩。」

據說媽媽不慌不忙的喝了一口早已冷掉的咖啡，直視父親的眼睛，嘴角帶著一抹微笑，輕聲的說：「吳先生，首先，我非常感謝你對我的讚美，但是，我看你也有一點年紀了，通常男人到了像你這樣的歲數，都是已經結婚的人，要不然就是離了婚。你如果身家不清白，是個有婦之夫還要來跟我玩感情的遊戲，侈言我是你的夢中情人，對我來說，反而是一種侮辱。我欣賞你表白的勇氣，但我更重視感情的純度，你如果還存在著婚姻關係，我勸你收回剛才的話語，我們喝完這杯咖啡，從此不要再見面，以免蹚入糾纏不清的泥淖。如果你敢承認你是沒有婚姻關係的人，那麼下次見面請帶來你的離婚證書，證實你發乎情止乎禮的高尚品格，是禁得起檢驗的。我是一個正正當當的女孩子，不玩那種亂七八糟的愛情遊戲。」

那一年，我母親二十五歲。

第四天（很多事情眞的無法輕易在三天之內解決），他又約她出來喝咖啡，這次選在東區的一間加州簡約風格的咖啡館，他爲她選了一杯熱拿鐵。

我媽媽在認識我爸爸以前是不喝咖啡的，她總覺得這種又苦又甜的東西，比人生況味還要複雜。她喝茶多一點，那是跟著她爸爸養成的習慣。

中國人喝茶講究回甘溫潤，茶水碧綠如雨過天青，光是看著就有一股閒達雅暢，喝下再多液體也不會造成身體的負擔，在具象的茶液流逝於喉頭末了，還能在唇間齒縫舌蕾鼻腔中醞釀出抽象的甜美清香，餘韻繚綿，如三日繞樑。

咖啡，只在電影裡看過，通常是男女主角約會的地點，水晶燈飾下華麗的繡花絨布高背座椅，鑲金邊，刨光白油漆的扶手，底層有一點斑駁。當然電影畫面不會拍攝到這麼貼近的角度，但是有一點是可以確定的，當服務生用銀色托盤送上兩杯寬口圓肚繪著大紅玫瑰或者紫羅蘭的瓷器杯組，男女主角從來未曾啜飲一口熱咖啡，更不曾見過幽微縹緲的氤氳瀰漫，屬於咖啡的香。

更何況，那個年代，最通俗的家庭式咖啡就是即溶三合一。只要把一個小小的鋁箔包撕開，將參差著褐色與米色的粉末倒入杯中，加入熱水，瞬間即沖泡出一杯濃香四溢的咖啡。因此，那個年代請人家喝咖啡，很少有人說：「我煮一杯咖啡給你喝。」所有的人朗朗上口的都是：「我泡一杯咖啡給你喝。」因爲當時幾乎所有人都以爲咖啡用熱水沖泡是天經地義又理所當然的行爲。一杯黝黛黃泥混和著榛果焦糖奶油雪茄種種魅惑鼻腔的香料液體，初飲入喉，一口甜：不如咬一顆糖果爽快；一口苦：不如吃涼拌苦瓜降火；一口乳：絲毫沒有奶香的反式脂肪（當然那個年代還沒有科學家研究出可能增加罹癌率的反式脂肪對人體的傷害，但是我母親天生敏銳的味覺在當時就質疑三合一咖啡中奶精存在與否對美學體驗與美感經驗的必要性）。因此，她不太喝咖啡的。你可以說她土，也可以說她窮，曾經即溶咖啡的精裝禮盒，是年節送禮的高尚品味。那個時候，是不太會有人以這麼昂貴的禮物作爲拜訪我母親與她的外省老父的第一選擇。

直到我的爸爸，帶著我媽媽，喝下第一口熱拿鐵。

「Caffe' Latte，我們在美國常常喝，這是一種加了大量牛奶的咖啡，通常會將牛奶加熱打成奶泡，要喝的時候，在上面撒些肉桂粉、巧克力粉，味道更香濃。Caffe' Latte原文來自義大利，Latte就是牛奶的意思。義大利人喝咖啡最喜歡Espresso，那種一小杯的濃縮咖啡，通常在每天的下午三、四點，讓人無法集中精神昏昏欲睡的午後，到咖啡吧買一杯濃縮咖啡，仰頭一飲而盡，彷彿重新充電，又可以精神飽滿的回去工作了。」

我母親微微笑著，她習慣在聽人說話的時候嘴角上揚，用那雙漆黑瀲灩的眸子直視對方，眼神誠懇得讓人心生猶豫而不好意思對她說謊，即使說了謊也會說服自己那是善意的謊言，安慰潛伏的良心。母親啜飲一口雪白的拿鐵咖啡，如蜂巢般稀疏的奶泡沾到她的嘴唇上方，仿若生鬍般俏皮。他以爲她不會察覺到自己長出了白色鬍子這種小事，正想善意的提醒，她卻在這個時候拾起一張紙巾，摺成方形，輕輕的在嘴唇周圍按拭，優雅的處理掉白鬍。

「我住在美國的時候，早晨起來會先煮一杯咖啡，我喜歡喝黑咖啡，原味，什麼都不加。到了晚上，如果還想喝咖啡，就喝Caffe' Latte，因爲加了很多牛奶，感覺上比較調和，不會攝取過多的咖啡因，而影響睡眠。」

父親在一杯冒著濃濃奶香的拿鐵咖啡面前，對我媽媽娓娓道來。他總是不慍不火，在說完每一段話語之後，溫柔地凝視著我母親，面容聖詳宛若教堂裡的告解室拆除了門牆，彷彿聽取告解的神父除去了華麗的聖袍，還原成一個慈悲的男人，具備耐心的父親，傾聽。

喔！Caffe' Latte！

一杯覆蓋著雪白泡沫的熱咖啡，開啓了我母親對這世界的第一扇窗。在此之前，她從來沒有聽說過，咖啡的世界裡除了三合一之外還有其他，她更無法想像，在美國（或其他白種人的國家）會以這種黑色液體作爲日常飲料，從早到晚，灌溉五腑六臟。

眼前那男人口口聲聲的美國經驗，是從小看西洋電影長大的我母親，私心嚮往卻不敢奢望的夢想。她從電影上學到很多，漢堡、薯條、牛排、快餐店；同志、離婚、三P、一夜情。美國文化對我母親來說，就是好萊塢文化；她瞭解，卻不融合，她自謙爲儒教的一分子：「貧賤不能移、富貴不能淫、威武不能屈」。從小到大父親要她背誦的論語、孟子、大學、中庸，句句耳熟能詳，字字內化到她的品格，她可以輕鬆的看別人演戲，但是自己從不入戲。

所以，有勇氣示愛的男人有魄力秀出離婚證書是必要的。

我爸爸拿出一張影印的紙張，上面寫的都是英文。我母親以爲她會看到Divorce的字樣，但是整張由加州舊金山法庭開出來的證明，卻寫著Judgment：Dissolution of Marriage。婚姻的崩潰、融化、消失。

在我母親按照教科書所背誦的英文字典裡，Dissolution的字源與Dissolve相近，都是溶解，化掉了的意思。婚姻關係，就這麼消逝了，瓦解了，不留痕跡的遺忘在過去裡，終止在法官的判決書上，消弭在文字中。

任何有關分離與結束的文字，在我母親的眼裡都是傷感的，那代表著一段感情因爲種種的原因而無法持續下去，天長地久海枯石爛金玉爲盟畢竟是幻影，這世界沒有永恆，更沒有王子與公主的神話。

「我是眞心的喜歡妳，妳如果擔心我的眞心是假裝的，只要我一輩子假裝下去，永遠都是假裝喜歡妳，到最後不也變成眞的了，不是嗎？」

假做眞時眞亦假，無爲有處有還無。這是紅樓夢啊！

相識第四天，我母親已經被父親的語言融化了。他用耐心與溫柔融合出隱形的指揮棒，在尊重與等待中施展魔法，一步一步占領她的靈魂，然後肉體。

然後有我。

四

我媽媽總是說，我在她肚子裡的時候，是她這一輩子活得最有勇氣的時候。除了因爲抽血篩檢時，我有極大的可能是唐氏症寶寶，而讓她忍不住悲悼自己的命運而掉過兩滴眼淚，之後，她再也沒有因爲任何打擊而哭。當我在她的腹腔中慢慢長大，她感受到一股全新的能量慢慢慢傾注到她體內，那是最純潔、最原初、最無瑕、最乾淨的存在。她意識到她必須努力保護這份純淨，一個微小卻不斷成長的生理上的胚胎，一個嶄新啓智尚未污染的靈魂。她不只是一個肉體上提供子宮溫床的母親，她是心靈上捍衛任何人類玷污與破壞的海洋女神忒提斯，希臘神話中阿奇里斯的母親。

古今中外，所有被歷史文獻所書寫的母親都是勇敢的，母性代表著神聖與護衛，是一株犧牲自己照亮別人的蠟燭，愛到深處無怨尤，就像古詩詞裡歌詠著：「慈母手中線，遊子身上衣，臨行密密縫，意恐遲遲歸，誰言寸草心，報得三春暉。」中國的母親最出名的應該是孟母，爲了孩子良好的教育與學習環境，她可以罔顧自己的人脈與適應能力，而不斷的打包行李不斷的搬家。就連希臘神話中貴爲神體終身不死的忒提斯，與凡人結褵生下了阿奇里斯，也私心希望孩子能繼承她長生不老的神仙基因，而將孩子泡入冥河水（那隻被忒提斯握住的腳踝成爲致命之傷則是另當別論）。一向敢愛敢恨的希臘神祇尚無法擺脫血脈護子之心，更何況自古到今連貫中西的童玩遊戲「老鷹抓小雞」。遊戲中扮做母雞的孩子必須張開雙臂，假裝振翅威懾，用一隻肉身之雞的微薄力量，對抗從天而降的噬血禿鷹。

而我的母親說，她這一輩子擁有最豐足勇氣的時候，僅僅存在於我在她肚子裡胚胎成形的那十個月。那時候，她彷彿從體內油然而生出源源不絕的新鮮血紅素，帶給她前所未有的氧氣，她就像老鷹捉小雞裡面的母雞，雖然只是一隻泛泛之雞，但是她的職責與本能讓她必須張開翅膀，勇敢抵禦外侮，保存腹中生靈的純淨與平安。

她常常跟我說話，但絕對不是像坊間各類親子教養書中萬卷同宗所指示的那種「發出媽媽最溫柔的聲音呼喚著寶貝」之類的具體音波貫穿肚皮，讓每一個臨盆的母親都成爲喃喃自語的水仙花。她是一個喜歡思考的人，她用思想與我對話。她會在工作忙碌的空檔，或一個人獨處仰望天空時，想著「孩子！我希望你健康平安的長大，但我若是能再跟神要求多一點點願望，我會希望你能夠成爲一個正直勇敢而且有自信的人。」

也許神眞的聽到了她的願望，媽媽常說她在懷孕的時候，想坐計程車計程車就出現；到很難預訂座位的知名餐廳用餐，立刻就會空出一張剛剛結束用餐或臨時取消訂位的桌次；到香港旅遊因爲客滿來回都被航空公司升等商務艙；就連香港鬧區人滿爲患的地鐵，只要她一走進去立刻有人會讓位給她。

「這是你帶給我的好運。」我的母親說。

我是個喜歡推理的人，我媽媽所謂的「好運」跟許願「健康平安正直勇敢有自信」之間，到底有什麼關聯？

「因爲正直勇敢有自信的人：『仰不愧於天，俯不怍於人』，所以會有好運。」我媽媽這麼回答我。

所以這是善有善報的意思嗎？

某種程度算是吧。

那麼爲什麼蘇格拉底會被國王下令喝毒藥呢？岳飛也被十二道金牌召回以莫須有罪名處

死？戊戌六君子上了北京菜市場的斷頭臺？屈原要滿懷悲憤投江自盡？

哦！你還記得戊戌六君子。我媽媽對我的記憶力感到很有興趣，特別是我還記得那兩個連她自己都常常寫顛倒的「戊戌」二字。

「望門投止思張儉，忍死須臾待杜根。我自橫刀向天笑，去留肝膽兩崑崙」我說。媽媽常常在我小時候念這首詩給我聽。

喔喔！她笑了，說這首譚嗣同寫的詩很感人，她非常喜歡，尤其是最後兩句。

那麼這是善有善報嗎？我媽媽還是沒有回答我的疑惑。

這是理想。人生至高無上的理想。

那一件事是理想？善有善報是理想？還是那些去留肝膽兩崑崙，視死如歸的仁人志士，終其一生的奮鬥是爲了理想？

都是理想。

理想是需要被實踐之後才能證明理想的價值？或是它只是被人類文明創造發明的最高生活指南？

我媽媽沉默了一會兒，說：「在你兩歲多，剛剛會說話的時候，跟著我看一齣當時我很著迷的古裝電視劇，叫做《康熙盛世》。康熙是一個聰明又用功的皇帝，但是卻也不斷面臨內憂外患的紛擾國事。有一天，我有感而發，對著你說：『你覺得當皇帝是爲了享受榮華富貴？還是爲了讓天下蒼生過著富足安樂的生活？在我看來，坐這個位置應該是要爲天下蒼生謀福利，所謂大道之行也天下爲公，選賢與能，講信修睦，能做到這樣才是一個有格調的皇帝。但是，在陰險的政治鬥爭當中，又有多少人鬥到最後還能記得自己的理想？實踐倫理大同的願望。因此，我希望你不要有太多理想，就這樣健健康康平平安安的長大，這樣就好了。』結果你回答我：『皇上，哥哥去做。』那時候你很喜歡稱呼自己爲哥哥，因爲我以爲我還可以在你之後接著生一個妹妹，可是事與願違，你這一輩子始終沒有做成哥哥。」

媽媽說：「我眞的只希望你成爲一個正直勇敢有自信心的人，其他的都不重要了。」

那麼她呢？

她時常向我承認她是個沒有自信心也沒有安全感的人。這樣的缺陷讓她在人生面臨抉擇時，經常選擇逃避或放棄。她最害怕來自於人們的冷嘲熱諷，即使她什麼都沒做，流言總是像陰界幽魂似的纏繞在她無所不在目睹的周圍，而散發出感覺上的屍臭。她厭惡自己。

其實，她剛開始做母親的時候，也沒有那麼喜歡我。因爲我不是從她的產道生出來的，她完全沒有經歷過呼天喊地的陣痛與拉梅茲呼吸法，她的子宮頸依舊如少女般緊實，陰道完全沒有擴張，更沒有在產後被醫生一針一針縫回去的傷痕。我就這樣在手術室裡，被醫生從媽媽的肚子裡掏出來，有點像是孫悟空從大石頭裡蹦出來，也有點像酒神戴奧尼索斯從天神宙斯的大腿裡出生，感覺那麼虛幻又眞實。

我在我媽媽肚子裡的時候，賦予她心靈上的堅定與勇敢，卻無法幫助她克服生理上的障礙。她接受了人生閱歷豐富的父親所陳述的子宮飽滿論，奉獻自己的子宮成爲孕育子嗣的溫床，但她卻始終無法接受一個成形的人類嬰兒借過陰道而出。她對於陰道彷若蛇呑象在瞬間膨脹爲二十倍大的使用方法，有著常人無法理解的恐慌。

也因此，當我被醫生用從媽媽肚子裡掏出來的時候，她完全沒有任何肉體上的感覺，唯一的知覺來自聲音，她清楚聽到協助接生的護士小姐驚嘆的說：「好結實的胸膛啊！一看就知道是個男的。」這是我母親對我脫離臍帶運用自己的能力呼吸成就自我身心靈主體的第一印象。

當護士把全身血淋淋的我拿到母親眼前，讓她看一眼她親生兒子的相貌時，我母親的內心依然平靜無感。她當時心裡的念頭只有：「你終於出來了，你的全新不附屬於任何人的人生已經正式開始。」

接著醫生必須縫合我母親肚皮上的傷口，而讓我媽媽吸入一些麻醉劑昏昏睡去。這也是後來經常讓我母親反覆思考而覺得弔詭的事。醫生從半身麻醉到消毒到割開肚子把我生出來只要十分鐘，但是縫合傷口卻花了一個半鐘頭。到底那一個部分才是生產的重點？我媽媽是不是也因此在生理上感覺到自己像個代理孕母，而不是一個眞正的母親。她的主要功能是幫助我父親家系的族譜添丁，而不是成就她個人完整的女性生命。她在懷孕期間讀遍所有的準媽媽書籍與親子教養指南，卻仍然徬徨於母親的功能，她不否認自己從小就是個厭惡孩子的女人，第二厭惡的是自己的身體。尤其到了懷孕末期，她因爲無法平衡擺盪於這兩種智識與潛意識的交戰，而任憑自己呈現失智的狀態，只有當某些人善意的提醒（或警告）她，之前發生過許多像是胎死腹中或臍帶繞頸之類的悲慘案例時，她才會稍微振作清醒用腹語呼喚靜止在羊水中睡眠的我：「孩子啊！你還活著嗎？動一動讓媽媽放心好嗎……。」這個時候，我會立即翻身或踢腿，讓她感覺到我的生命力。她說我向來都很貼心，每次只要她呼喚我，我從來沒有讓她失望。

吸吮母奶也是一樣的情形。新生兒自主呼吸之後的兩個小時，我被抱到了媽媽的胸前，護士小姐要她側躺，露出一邊的乳房，然後把我的頭，對著乳房貼近。我媽媽的乳房不大，即使懷孕也沒有讓她暴增為性感寫眞女星的D奶尺寸，她的乳房小而靈巧，乳頭豐潤飽滿，我一湊上去，就像已經模擬了數百次的精準演出，非常自然的含著她的乳頭吸吮。我媽媽後來也常常回憶起，說我是個貼心的孩子，就連喝母奶這件事，都溫柔得像是個紳士。剛剛脫離母體的我，口腔只是個迷你的粉紅色肉囊，沒有牙齒，我用小小濕潤的嘴唇以及攝氏三十六度半的體溫含著母親的乳頭，規律而有節奏的吸啜著母親的乳汁，然後吞下肚。因為不貪心，總是吸一口、吞一口，因此讓我母親的乳腺得以有充分的刺激與舒緩，均勻的分泌母乳。我從來沒有為了爭食而野蠻咬傷或啄破我母親的乳頭，我一靠近她就能感覺到她是全然屬於我的女體，由於深深眷戀著這個讓我獲得充分安全感的溫柔身軀，我更要以她愛護我的方式而更加善待她。

而我父親呢？

我媽說她在生產當天清晨進入手術室之前，聽到他說的最後一句話是：「她進了手術房之後還有我的事嗎？」

當時如果是卡通畫面，那麼每個人的臉上應該都會出現三條線吧！空氣突然間顯得凝結，連經驗老到的護士都無法在二十秒之內想到最適當的答案回答這個非常超出想像的大哉問。

我父親應該也感覺到在妻子即將臨盆之際，他這樣的問題顯得多麼冷漠而不近人情。於是他稍作解釋：「我的意思是……，我還沒有吃早餐，我可以趁這個時候去買早餐嗎？」

最幹譙的應該是我媽媽的內心獨白：馬的你就可以去吃早餐，我為了生你家的孩子不但在十個月內挺著從零到二十公斤的肚子，到最後一刻還要獨自進入冰冷的手術室，而且從昨天深夜起就開始禁食，這是個什麼樣的道理？

醫護人員好心的問：「先生你不要一起進手術室嗎？你可以拍攝DV做紀錄。」我父親愣了一下，說：「我完全沒有準備。而且，我現在真的肚子很餓。」

這回醫護人員的臉上大概出現了五條線。

已經平躺在鐵床上等待進行麻醉的我母親，在這個節骨眼已經沒有選擇無奈效法秋瑾慷慨赴義的決心，寧靜的說：「你們就讓他去吃早餐吧，我一個人沒關係。」

結果我父親這一去吃早餐，吃到中午才回來。他錯過了我跟我母親在人間以兩個獨立肉身實體的第一次接觸，也就是我輕吮母親的乳頭享用母乳神聖的那一刻。及至我長大之後，還是很難描述那一刻聖靈充滿的意境，也許，就像美國電影歷史排行榜上的冠軍片「外星人」當中，人類與ET的手指頭第一次接觸，那般莫名、神祕、驚喜、奧妙、不可思議的光芒萬丈。

而我父親，只會帶來昨晚家中喝剩下的玉米濃湯，說：「喔！醫生說妳現在可以開始試著喝一些流質的食物。」

他真的忘記了，我媽媽最討厭喝玉米濃湯。

五

或許我母親因此需要三天的時間，安靜而不受打擾地思考她人生中「家人」所扮演的意義以及「她」確實需要扮演好的角色。

我母親對家庭的觀念是很生疏的，因爲她小時候沒有母親。她是由父親（也就是我的老爺）撫養長大的。當我出生之後，所有育兒的常識，都是由我外公電話指導，我媽媽什麼都不會，她曾經三天沒有幫我洗澡，只因爲我的體積太小、沒有流汗、聞起來香香的……；後來她才承認，因爲她根本不知道怎麼給嬰兒洗澡，所以乾脆不洗澡。

我老爺四十八歲生下我媽媽，隔兩年我媽媽的媽媽就跑了。我媽媽偶爾跟我解釋這段過去，會用「女性主義先驅」來形容她的母親（也就是我的外婆）。我常常很好奇，曾經詢問過母親什麼叫做女性主義？母親說，當一個女人不願意繼續成爲一個男人的附庸，渴望甚至實踐彰顯自我完整的意志力時，就是女性主義的表徵。坦白講，她這段話對一個只有六歲的小男生而言，實在是太艱深晦澀。我只知道，這個曾經在我母親的童年消失的外婆，在我的童年可是未曾缺席。

打從我有記憶開始，我的外婆就經常在我家裡出現，特別是我念小學的那段期間，外婆有時候還會幫忙照顧我，比方說當媽媽有事必須外出而兒童福利法規定不可以單獨將十二歲以下孩童單獨留在家中時，就是外婆出現的時機。外婆照顧我的方式跟媽媽有著天壤之別，她會煮泡麵給我吃，或是去速食店買漢堡炸雞，然後我們整天都坐在電視機前一起看龍祥電影台的港片或那些聽起來女生聲音都一模一樣的韓國連續劇。

我的外婆教育我比較沒有耐心，比方說我會問她爲什麼電影裡面的男生女生要抱在一起滾到床上然後就會出現窗外的風景？我外婆通常只會回我一句：「小孩子不要問這麼多。」可是我媽媽完全不同，她會跟我解釋：「這是愛情。當男生與女生相處久了，彼此能夠溝通又有默契，對萬事萬物經常心領神會，漸漸地，感情也就滋生了。所以我最喜歡的一句佛偈是：『浮屠不三宿桑下者，不欲久生恩愛。』這意思是說，連佛祖都不願意在同一棵桑樹下連續睡三天，就是擔心時間久了，也會對桑樹產生感情啊！你懂嗎？人跟人在一起久了，都會有感情。」

所以，我母親可能並不是因爲我是她血脈至親而對我產生感情，她可能因爲我出生到現在每天跟她相處而對我產生浮屠三宿桑下的情感。

她說過她小時候，每學期的戶外教學，學校都會承租遊覽車帶著學生到特定的地點去郊遊踏青。如果那天，我母親坐到了一個很舒適的位置，又剛好是靠著一扇能夠瀏覽全景的窗，她會感到幸福。她說她不喜歡靠走道的位置，因爲四周都被人群包圍，而且老師最喜歡拿著麥克風講話講到一半，突然將麥克風伸向靠走道的同學，瞄準他的嘴，要他回答問題或是唱一首歌。我媽媽常常想，爲什麼這種事情比較少發生在座位靠窗的同學身上？可能是麥克風的線不夠長，要不然就是老師的手太短。靠窗的座位還要剛剛好，不能太後面，遊覽車後方的座位容易造成甩尾的暈眩，我媽媽光是搖晃到桃園大溪就想吐。所以，最好的位置是中間，那種前後方的麥克風線恰巧延展不及又剛好不會讓人覺得這個人搞自閉的中庸之處，然後，最好也沒有窗櫺橫隔在大片窗戶的中間。很奇怪這些遊覽車座位的設計似乎很隨興，有些座位的視野剛好面對一根鑲嵌兩片玻璃窗的框框之處，視覺直直哽著一根窗櫺，讓人的眼睛在賞景時不知道究竟該看前方還是後方，要不然就十五分鐘看前方，十五分鐘看後方，最後通常逐漸形成鬥雞眼般的聚焦。

如果那一天，坐到一個剛好沒有窗櫺的位置，又能夠靠窗，我媽媽說，這樣一整天下來，她會愛上她的座位，那個提供她避風港，躲避老師的點唱，躲避同學的嬉鬧，躲避團結和諧的康樂益智問答，只單純留給她一片天空，一片毫無遮攔的窗景，就是她一天的幸福。

因爲擁有一天的幸福，讓她在結束這趟戶外教學之旅時，最難割捨的竟然是這張靠窗的座椅。與遊覽車告別的同時，她常常會難過得流下眼淚，許多人都以爲她捨不得這趟旅遊行程的結束，只有她心裡明白，她最難割捨的是這張靠窗的座椅，護衛她一整天的小小堡壘，也給了她一整天想像的自由。

我媽媽在國中念的是資優班，她的國文英文歷史地理特別好，但是對於家政女紅這一類自古以來傳統婦女必備的三從四德卻是完全沒有天賦。她最經典的作品是抹布。

話說每個小學生都要在教室裡準備一條抹布，我媽媽有一天發現我爸爸的純棉大三角形內褲有好幾件已經穿到鬆弛破洞，但是純棉的成分依然保持良好的觸感與吸水力，於是，她決定將這些內褲改製成抹布，實現國父孫中山先生物盡其用的偉大理想。我那位只會縫直線與鈕扣的母親，將父親的內褲拿到縫紉機上，劈劈趴趴轟隆轟隆的一陣亂縫，聲音聽起來很專業，結果卻只是將內褲在股肱之間與腰間的三個開口緊密縫合，三角形內褲依舊是三角形內褲的形狀，但是再也沒有洞口可以穿進去或伸出腿。然後她跟我說：「你明天就把這條『抹布』帶去學校用。」

我雖然只有八歲，但是我已經懂得分辨什麼是內褲，什麼是抹布。

我爸爸回家洗完澡之後，順手拿一條「內褲」來穿，卻發現怎麼所有的空間都被縫死了，他問我媽媽是怎麼回事？媽媽說：「喔！你不要再拿我新做好的抹布。」

我爸爸問我媽媽，是不是應該將這些「抹布」重新裁剪、拼貼一下，至少做成一個正方形的抹布，而不是三角形類似（基本上根本就是）內褲的抹布？

我媽媽怔了一下，回答他：「難怪我也覺得有點奇怪，原來抹布應該是正方形的。」過了三十秒，她接著說：「爲什麼我們不能創造三角形的抹布？」

蝴蝶結也是類似的情況。

她還留著她母親小時候幫她做的蝴蝶結。那是她小學六年級參加合唱比賽時，老師規定每個人要掛在脖子上的裝飾品。那個年代，大家都沒什麼錢，也沒有電腦網購這種迅速又便利的好康，老師不知道從哪兒挖出來一塊大花布，每個學生裁剪一塊帶回家各自發揮想像力創造出一個只要能夠架在衣領正中間又可以讓人看見的蝴蝶結就可以。

當老師在中午休息時間，趁大家放鬆心情吃著便當的時候，發給每個人一片粉紅色小玫瑰帶綠葉的碎花圖案正方形布塊之後，每個同學的臉上似乎都洋溢起自信滿滿又幸福快樂的表情，唯獨我媽媽怔忡不安惶恐難以成食。她手上拿著這片布，悄悄詢問隔壁桌的同學：「你知道怎麼做蝴蝶結嗎？」那同學回答：「沒關係，我媽媽會幫我做。」

媽媽！喔，媽媽！我媽媽的媽媽常常不在家，上一次她說要出去買辣椒，結果一出門兩個禮拜到現在都還沒有回家。

我媽媽手裡拿著那塊布，回家的路上都在認眞思考這塊布的命運，如果它無法順利經過人類聰慧的巧手與思考成就一般人所認知的美麗蝴蝶結，也就是說，如果我媽媽（請記住當時她只有十二歲）在沒有任何大人幫忙（我老爺那時候已經六十歲，應該很難用一雙老花眼縫出不比巴掌大的蝴蝶結吧）的情況下，她已經決定，把這塊布摺成一條直線，然後打一個結，就是一個很單純的結，比綁鞋帶還要簡單的八字結。這樣，雖然沒有創意但至少還能夠向老師交差，而不會被老師指責成不配合團體活動的害群之馬。

我媽媽說她念小學的時候很會讀書，每次都考第二名。爲什麼這麼聰明的孩子卻只能考到第二名？她說她當時也覺得很奇怪，每次大大小小的考試幾乎滿分，爲何還會出現另一個比她更厲害的人？於是有一學期，她特別紀錄了那個競爭對手的成績，從小考、月考、期中考、期末考，每一科的成績都做成了紀錄，到了學期末最後一次考試成績揭曉，我媽媽確定她的總成績領先對手二十五分，這學期應該穩得第一。沒想到期末頒發獎狀，她還是得到第二名。

那個競爭對手，是級任導師的女兒。我媽媽向她借了成績單來看，發現她的操行成績一百分，而我媽媽只有八十五分。

操行是什麼？

就是品行。

品行可以打成績的嗎？

我媽媽沒說話，她只是告訴我一個故事。在她成年之後，那些永遠考第一名的同學都成為天寶遺事的白頭宮女，是誰叫什麼名字現在成就了啥大事業一點都不重要也不干她的事了。她唯一記得的是一個叫做雷慧倩的女孩子，哪是一個有著滿頭自然捲濃密黑髮，小小的鵝蛋臉，鼻子翹翹像外國人皮膚白皙兩頰還有些許雀斑的可愛女生。這個像洋娃娃一樣的漂亮女孩，卻總是班導師用來做偏差行為示範的活教材：「你們不要像雷慧倩一樣永遠考全班最後一名。」、「雷慧倩怎麼又是妳忘記帶便當？」、「雷慧倩妳又不帶作業現在就去後面罰站。」、「雷慧倩妳沒有錢買制服嗎？妳的襯衫已經從長袖變成短袖了。」、「雷慧倩，生病不來上學要請病假，不請病假就是曠課。這學期妳已經曠課五天了。」最後在上一堂叫做健康教育課的時候，老師語重心長的說：「你們要愛惜身體健康，不要像雷慧倩一樣不愛乾淨不洗澡，還有頭蝨。」

不像其他同學在每學期開學的時候，會按照身高重新調整前後的座位；雷慧倩的位置永遠排在垃圾桶旁邊，每一堂下課，都會有人朝她丟衛生紙或在經過的時候故意把水倒在她的書桌上。她從來沒有加入過任何團體遊戲，下課時總是一個人孤伶伶的倚靠在陽台邊看天空，或是趴在桌上睡覺。我媽媽不知道老師為什麼總是要拿雷慧倩當作錯誤的榜樣，她覺得這個同學安安靜靜的默默承受所有的指責，從來不辯解，沒有傷害過任何人，她到底哪裡有錯？

有一次，我媽媽邀請雷慧倩加入跳橡皮圈的遊戲，立刻有同學跟她說：「妳不要找雷慧倩啦！老師說，她是壞孩子，而且她從來不洗澡，身上好臭。」

為了證實她身上到底有沒有發臭，我媽媽藉著邀請雷慧倩一起玩遊戲的理由，走到她身邊，假裝很自然的說話實際上很認真的嗅聞了半天，一點味道也沒有。她的卡其色制服雖然有點不合身，尤其在袖口處明顯的縮水了十公分，變成類似七分袖的造型，但是布料上沒有什麼油漬或污點，算是洗得很乾淨；她的頭髮是嚴重的自然捲，密密麻麻的確顯得紛亂無章，我媽媽很努力的觀察她頭上是否會出現傳說中一點一點的白色頭蝨，以我媽媽完全沒有近視的完美視力，卻也找不到任何一顆跳躍的白色逗點在她的髮叢中飛躍。

對於我媽媽的邀請，雷慧倩甚麼話也沒回答，她面無表情，將長長的睫毛低垂，默默看著地上。她可能嚇傻了，因為我媽媽是老師口中的好學生，考試成績永遠全校前三名的模範。

「雷慧倩，其實妳長得很漂亮。」

我媽媽丟下這一句後，自己也覺得不好意思的轉身跑掉。

沒有多久，雷慧倩就不再來上學了。有人說她搬家了；有人說她頭腦有問題住進神經病院；有人說她因爲功課太差被學校退學；也有人說她被頭蝨咬死了。我媽媽到處旁敲側擊雷慧倩的下落，希望她不要死掉。後來聽到和雷慧倩住在同一條街上的同學說，看到雷慧倩在一個賣魷魚羹的攤子旁邊洗碗，同學跟她打招呼，她還是一臉冷漠，彷彿陌生人。

這個故事讓我媽媽一直記憶到如今。我媽媽常常想，她除了會考第一名之外，其他地方和雷慧倩並沒有什麼差別。

我老爺四十八歲得女，隔兩年這孩子就沒了母親。我老爺一手包尿布一手餵奶，還要幫我媽媽綁頭髮；老男人不會玩花樣，永遠是頭髮中分加左右兩條麻花辮，從小到大十年不變。老先生來到台灣才開始學烹飪，每個星期天滷一鍋排骨肉，往後五天的便當天天都是一塊排骨肉加滷蛋，萬一不幸滷蛋和肉被我媽媽提早偷吃光，第二天的便當就是廣達香肉醬配白飯。老爺幫我媽媽縫鈕釦和褲子襪子的破洞；天氣冷皮膚受凍就讓我媽媽塗甘油，冬天時我媽媽身上常常飄著一股化學氣味。一年只在過年的時候買一次新衣服，老爺喜歡買披風，這樣無論我媽媽變多胖都能穿得進去。其實，他最擅長的還是教我媽媽念論語孟子大學中庸，只有在背誦這些名言佳句的時候，才會見到老爺臉上露出悠然神往的表情：「士不可以不弘毅，任重而道遠」。老先生依此推論出家訓，要我媽媽從小就牢記在心：「正正當當做人，規規矩矩做事，誠誠懇懇待人，切切實實讀書。」

我媽媽小學一年級開學第一天，老爺牽著她的手，走了十分鐘的路去搭公車。在等待公車時，遞給她一個小紙條，上面寫著所有可以抵達這所知名小學的公車號碼。

「孩子，你要牢牢記住，從今天起，妳要開始學做一個大人了。爸爸只會親自帶妳搭這一次公車，以後要靠妳自己。還有，爸爸給妳說的家訓還記得嗎？」

媽媽流暢的背出那四句家訓。

「很好，乖孩子，從今以後，你要記得，入社會做人處事的方針，就是這四句話。」

即使如此，我媽媽依舊被街坊鄰居用異樣的眼光窺視，耳語經常漂浮在三姑六婆的唇邊：這個沒有媽媽的孩子……。

她在學校裡有第一名當作護身符；在村子裡，她的標籤是沒有媽媽的野孩子。

就在那天，她手裡拿著一片碎玫瑰花布塊回到家，發現家裡亮著燈，奇蹟似的，我外婆回來了。

媽媽！喔，媽媽！可以幫我做一個蝴蝶結嗎？

我外婆說她不會做。叫我媽媽自己想辦法。

可是我們老師說，一定要媽媽幫忙做。這是一個，愛心蝴蝶結。

每個人都要媽媽做嗎？

十二歲的她猛點頭。

我外婆拿著那塊布，思索了一下，串起針線，將那塊布摺成直線，交叉，就像綁鞋帶一樣綁出個上下不平衡的八字結，然後在布料交集之處縫上幾針，固定，交給我媽媽。

哪！這是妳要的蝴蝶結。

這跟我媽媽從電視上看到的維也納兒童合唱團小朋友身著燕尾服衣領中間圓厚飽滿的蝴蝶結造型顯然差異太大，這個蝴蝶結，是扁的。

我外婆顯然觀察到了我媽媽遲疑的眼神，落下一句：「怎麼樣，不行嗎？」

這是我媽媽這一輩子，得到她親生媽媽親手爲她做的第一樣東西，她應該喜極而泣，她應該歡天喜地，她應該像電視劇裡面的演員一樣衝上去給我外婆一個熱情的擁抱，她應該大聲說：「哇！好漂亮啊，我好喜歡啊！」

可是，我媽媽說不出口。

「怎樣？妳要不要戴？如果不要戴就丟了。」

喔！戴……戴……我一定會戴。我媽媽有點結結巴巴的回答。

然後我外婆一言不發，轉身朝外面走去。

我後來爲什麼會知道這個故事，因爲我媽媽有一個藏寶盒。

那是一個在十元商店買來的廉價透明塑膠盒，裡面收集著她從小到大心愛的一些小東西，幾根裝飾著草莓與蘋果的鐵製髮夾，已經停止通用有著蔣公側臉的大型五元硬幣，兩個迷你香水瓶，三顆赭紅色的相思豆，一顆智齒，四顆乳牙，數根暹羅貓毛，幾個小貝殼，兩支生鏽的鋼筆，很多各種不同造型的迷你雞心鍊垂，這些雞心有些是壓克力做成的也有些是金屬製品，另外還有她小時候畫的兩張公主漫畫以及老爺隨意書寫的書法墨寶。

她的藏寶盒裡，都是些很普通的東西，如果又突然遇到像一九四九年這種動亂大遷徙，想要變賣寶物去換點生活費可是一點價值也沒有。但我媽媽說這些都是她的寶貝，將來要跟她一起火化之後樹葬。

就是那個時候，我在藏寶盒裡發現了這個扁平褪色的小玫瑰花蝴蝶結。

後來妳戴它上台去唱歌了嗎？

我媽媽搖搖頭。她說第二天，她已經做好心理準備要帶著這個蝴蝶結上台，而且會很勇敢的跟所有人解釋：「這是我媽媽親手爲我做的蝴蝶結喔！」結果抵達會場時，老師重新發給大家一個用同樣花布做得跟維也納兒童合唱團制服一樣完美的蝴蝶結。老師說這是某個家裡開服裝店而且手藝精湛的學生家長，連夜爲大家製作的蝴蝶結，讓大家上台時的造型統一，凸顯我們的團隊與合群力量。

她媽媽第一次親手爲她做的蝴蝶結，永無見天之日。

她卻把它好好的，收藏在自己的藏寶盒裡，一放超過三十年。

六

三十年在我媽媽的口中，一晃眼就過去了。三天呢？

現在是一月一號的傍晚了，我感覺有點累。

我媽媽曾經跟我說過，傍晚是一天之內最讓她焦慮不安內心隱然有股黑霧攪動翻騰膨脹侵蝕的陰陽交界。在她的童年，傍晚放學之後回到家，等候她的總是一個漆黑沒有燈光的家，冷清清的廚房，光禿禿的客廳。屋子裡從來沒有傳出熱鬧的鍋鏟炒菜聲，也沒有傳出慈祥溫柔的聲音殷切詢問：「寶貝妳回來啦」、「今天學校好玩嗎」、「我們今天晚上吃咖哩雞喔」……這類的語言；一切都是靜止的，彷彿她從來沒有出過門，彷彿她此刻也沒有回到家，彷彿她的生命輪轉永遠停留在傍晚這種要黑不黑要白不白黑黑白白灰灰滅滅的黯淡時光。唯一會移動卻不會用語言歡迎她回家的是一隻不停伸出舌頭「哈、哈、哈」的小土狗。她經常把書包放在大門口地上就開始跟狗玩，或是跟狗兒在花園小徑比賽誰跑得快，或是玩誰跳得比較高的遊戲，或是你舔我我摸你兩隻動物打滾在一起，或是什麼都不做只是蹲在花圃旁邊拔酢漿草，模仿電視劇中徬徨的人一片一片摘下花瓣悄悄的問著：「媽媽回家？不回家？回家？不回家？……」當然她的答案永遠都是「回家」，因爲酢漿草是三片葉子，五片花瓣，單數選擇讓她的第一個答案永遠是最後的答案。

就這樣消磨最寂寥的傍晚等待我老爺搭乘固定班次的交通車回到家，看到媽媽跟土狗在幽黯的微光中一起坐在長板凳上等候他，才把她帶進屋裡。每天直到這個時候，家才有了燈光，有了溫暖，老爺會到廚房裡熱飯燒菜，並叮嚀媽媽先去洗澡，然後才說：「下次先把制服換掉再跟狗玩，瞧妳弄得一身髒，這制服明天還要穿。」

老爺喜歡養狗，看到哪兒有小狗，對著牠啾啾兩聲只要願意跟老爺回家都會撿回來養。媽媽小時候住在公家配給的宿舍，是個有小花園的瓦頂平房，一個老人和一個小女孩住在裡面，老爺說，總要養條狗來看家。媽媽說她的童年裡曾經豢養過數不清的狗，不管什麼品種，老爺都叫牠們「大偉」，這個梗是從英文David來的，但是我媽媽模仿我老爺的鄉音唸出大偉的名字時，發出的音卻是ㄉㄚˇㄧㄨㄟ，乍聽之下有點像豆花的台語發音ㄉㄠˇㄧㄏㄨㄟ。

大偉是爸爸來到台灣之後養的第一條狗，這隻遍體精壯結實有著黃褐色短毛的小土狗，對這個家衷心耿耿。牠沒事的時候就窩在大門邊，任何陌生人一靠近門口立刻聽到牠透過門縫齜牙咧嘴惡狠狠的恐嚇聲，連郵差都會緊張得以爲被大偉發現了他做過的虧心事而微微臉潮紅心虛不已。大偉很照顧我媽媽，小小年紀的我媽媽只要一出門，大偉就像個保鏢似的隨時跟著她，送她去搭公車，陪她跟鄰居小孩玩跳格子，甚至有時候還會幫忙刁起掉在遠方的羽毛球還給她。

有時候我常想，我的童年雖然沒有像電影「里見八犬傳」充滿與人類最忠實朋友結盟的義薄雲天，精彩萬分，但是我有我媽媽。

我媽媽在生下我之前從來不進廚房，她的創意名菜「魚露鮑魚西洋芹紅白蘿蔔加蘋果枸杞太白粉濃湯」，讓許多人這輩子再也不敢吃鮑魚、西洋芹、紅白蘿蔔、蘋果、枸杞與泰式料理。但是她現在會爲了我每週不辭辛勞地燉煮紅棗雞湯、山藥排骨湯或紅燒牛肉湯；她還會做咖哩牛腩或咖哩雞肉給我帶便當。爲了我的均衡飲食，她規定我早上一定要吃早餐，一杯牛奶或豆漿或果汁優酪乳，一片土司塗上奶油或草莓果醬再搭配一個水煮蛋或荷包蛋。她說早餐是一天之中營養最重要的來源，她小的時候老爺每天會用奶粉還原沖泡一杯溫熱的牛奶，加上一片白土司，規定她吃完才能出門去上學。

後來老爺老了，我媽媽也皮了，總是用上學會遲到爲理由，拒絕吃那片烤好的白土司，妥協之間只願意喝下溫奶水，匆忙去上學。老爺擔心發育中的少女營養不夠，無法健康的長大，只好拿五塊錢給她叮嚀她在路上買早點到學校裡慢慢吃，但是我媽媽還是不吃早餐，她偷偷把五塊錢存起來，等到國際學舍辦書展的時候，一口氣買幾本自己喜歡看的書。

我老爺直到死都不知道我媽媽當年罔顧他的心意，把早餐錢省下來去買其他的東西，老爺一直以爲我媽媽是個孝順又聽話的好孩子。爲此，我媽媽始終覺得良心不安，她欺負年紀耆老的爸爸無法管理太多生活瑣事，用善意的謊言回報父親對她的關心，違背了父親家訓中「正當做人」的規範，而她的父親仍然相信她，直到他離開人世的那一天。

所有不斷壯大的謊言養分都是來自於疏忽。說謊的習慣像一個罅隙，一開始只是骨瓷杯上的一個輕微的破裂的點，因爲被忽視，沒有及時黏補，修復，於是這個罅隙漸漸伸展，不斷擴大，最後成爲再也無法彌補的裂痕，終至分離。

我媽媽爲了加深我的記憶，曾經拿過一條絲襪做示範。她刻意在那條絲襪的左腿部分剪了一個小小的洞，一個比米粒大不了多少面積的破洞，她說：「我現在完全不理它，你隨便拉扯看看，結果會變得怎麼樣？」

搞破壞是小男生最拿手的遊戲，我興高彩烈地拿起那條絲襪，先將它裹成球狀握在手中揉捏一番，然後又拉長兩邊的線條像是毛巾健身操運動上下左右前後拉扯搖擺，接著模仿製作木乃伊標本用絲襪將我的身軀纏繞，一圈又一圈，直到筋疲力竭，我終於將手中的絲襪還給我的母親。

那個小小的破洞，已經順著布料的纖維不斷擴張，蔓延，成為一個大洞，並伸展出一長條裂縫，無可彌補的，從腳趾這一頭伸長到腰際，整條絲襪，再也不復遮瑕的優雅，而成為一條殘缺破損的廢布。

我媽媽把絲襪攤平，在另外一邊堪稱完整的右腿腳部，又用剪刀戳開一個米粒的小洞。這一次，她讓我用手指頭穿越那個具備伸縮力的米粒小洞，擴大了它的面積，但是，她接著用透明指甲油糊住了破洞邊緣，等待指甲油乾透穩固之後，她輕輕拉著絲襪，奇蹟似的，這個洞洞並沒有因為外在的力量而崩解潰散，它依然是原來的手指頭般大小的破洞。

你瞧，任何善意的謊言都是一個破洞，說謊就是說謊，無所謂善良或邪惡。破洞一旦形成，再也沒有任何力量可以挽救，除了及早彌補。但是又有多少人有足夠的智慧在至微之處產生警惕，而預防大患？

她看著我悵然猶疑的眼神，微微一笑，說：「所以我絕對不會給你零用錢讓你自己去買早點，這些伎倆我以前都用過。我也曾經親眼看過小朋友帶著媽媽給他的早餐麵包去上學，一整天都忘了吃，等到放學的時候才拿去垃圾桶丟掉。」

我媽媽一路守護著我，就像她送我上學一樣，在我十歲以前，必定親自看見我走進校園才放心的離去。

我們到現在還會擁抱，在一見面的時候或互相道別的那一刻。她還是叫我寶貝，有時候也會對著身高已經超過她十五公分的我叫「肉肉」。她常常在吃飯或看書的時候轉過頭來，怔怔地凝視著我，漆黑的眼神裡很難讓人一探究竟她的想法究竟是什麼？她也常常翻開我的手掌或我的腳底輕輕地捏捏看看，似乎在檢查一件新買來的藝術品的完整性。在我八歲之前我媽媽天天幫我洗澡，從我身上的傷口她立刻明瞭我今天又幹了哪些野蠻的勾當，她幫我在流血的傷口上塗碘酒，在瘀青的部位擦涼涼藥膏，然後提醒我：「你一定要保護好自己。」

從我很小的時候，她幫我洗澡洗到屁股和雞雞的部位時，會一再告誡我，這是一個人身上最重要的器官，絕對不可以讓爸爸媽媽以外的人碰觸到，你也不可以隨便去碰別人的屁股。除了看病的時候，醫生爲了檢查而必須碰觸這些器官，除此之外，任何人，任何同學，長輩，陌生人，絕對絕對，不能讓他們碰到你的下體。

聽到了沒有？

我點點頭，並重複我媽媽的叮嚀。

也不能開屁股的玩笑，好嗎？這是一個很重要的器官，任何玩笑都是一種輕浮與褻瀆。

我媽媽的話像聖旨一樣內化到我的腦海，從幼稚園有記憶開始，我就非常保護我的屁股前後面積範圍。直到那次我媽媽帶我去參加她媽媽的家族聚會。

那是個非常悶熱的夏天早晨，燦爛的陽光早已經曬得每一隻鳥兒都懶得唱歌，只有穿越樹梢的爽爽風聲在耳際飄散，與大人們交談的歡語。外婆的家族用一種我不熟悉的語言互相溝通，但是他們樂在那種語言的氛圍裡，加上一些酒精與尼古丁的催化，每個人都顯得非常快樂。

我在庭園內外穿梭，期待著我媽媽趕緊結束這場聚會，帶我出去玩。媽媽說今天要帶我去海邊，踩沙灘撿貝殼，也因此她爲我換上一條全新的海灘褲，但是這條海灘褲的網狀內裡沾黏在我流汗不止的股間讓我非常難受，忍不住經常伸手往雞雞的地方抓一下，好讓貼住睪丸的褲子鬆開，透氣，也讓我能夠舒暢的走動遊戲。

沒想到，這個舉動竟然引起了姨婆的好奇，這位滿頭白髮卻打扮入時擦著鮮豔口紅的老太太突然趁我經過她身旁的時候，伸手往我的雞雞部位捏了一下，說：「安安，你幹嘛一直摸你的雞雞。」我嚇了一跳，這是我這一輩子除了我媽媽爸爸之外，第三個摸到我雞雞的人。我跟她說：「姨婆，你不可以摸我的雞雞。」沒想到這位姨婆變本加厲，更是不斷用手來逗弄我的股肱之間，並挑釁的說：「爲什麼不可以？你自己可以一直摸來摸去，爲什麼我不可以摸？」

我承受不了這種羞辱，強忍淚水奔去人群中把我媽媽強拉了出來，我跟我媽媽說：「媽媽妳來，我有一件很重要的事情要跟妳溝通。」

我媽媽把我帶到安靜的客廳裡，我早已經泣不成聲，我向她完整陳述事發過程，我媽媽的表情非常凝重。就在這個時候，姨婆走進了客廳，她問：「安安怎麼了？爲什麼哭成這個樣子？」

我一看到那個摸我雞雞的老女人再度出現，更加抑制不住內心奔騰洶湧的委屈，哭得比前一分鐘更加慘烈。

沒想到我媽媽在這個時候竟然說：「安安，姨婆可能是聽不懂國語，所以不知道她的行爲冒犯了你，而適時停止。」

我一聽到這樣的藉口，完全不解，眼淚流得更凶，質問我媽媽：「姨婆怎麼可能聽不懂國語？妳跟她都用國語在講話，她怎麼可能聽不懂？」

在姨婆的面前，我媽媽一時之間可能也找不到一個大家都能夠全身而退的台階，於是她又找了另一個理由：「姨婆年紀大了，有些禮節她不懂。」

「就是年紀大了才更應該要有禮貌，老人、小孩、都一樣，都要講禮貌。」我不加思索的回答我媽媽。

姨婆是個闖蕩過社會的人，這時候，她也明白了自己行爲的失當，而決定先放下身段，跟我說：「安安，是姨婆不懂禮貌，姨婆跟你對不起。」

媽媽緊緊握住我的手，在這個時候，我感覺到她強烈的不安與惶恐，但她卻必須比我振作勇氣面對這個事件。

慌張的我，更不知道如何是好。這是第一次，有一位那麼老的長輩跟我說對不起。

媽媽說：「安安，姨婆知道錯了，她不是故意侵犯你的雞雞，她只是對你的動作感到好奇，沒想到會造成這麼大的反應。以後姨婆不會再做不禮貌的事情，也請你再給姨婆一次機會好嗎？」

我點點頭，我媽媽說的有道理，而且我一向很聽媽媽的話。

在一旁的外婆與姨婆又用她們熟悉的語言交談，兩人不時交換一些眼色。我完全聽不懂她們在說些什麼，我相信媽媽也聽不懂，但是我始終認爲，語言並不是用來逃避錯誤的工具，任何的語言都要用眞心作爲依據，要不然它只是符號，不具備任何意義。

我跟我媽媽之間的語言就是如此，我們從來不會吝嗇彼此眞心的傳輸，任何時候，我都會對媽媽說眞話，她也是這般對我。

那天稍後在海邊，藍天白雲，黃沙遍地，輕風拂著海浪一波波覆蓋在陸海交界處，形成雪白如蕾絲邊的浪花交織著陣陣如寧靜低喃的梵音。媽媽握著我的手，跟我說：「安安你是對的，媽媽不應該用姨婆不會說國語與年紀大了做藉口，而不還給你一個公道。媽媽錯了，媽媽沒有保護你。」

說完，她掉下了眼淚。

媽媽妳不要跟我說對不起，你這樣讓我的心好痛。媽媽我愛妳，不管妳對我做了什麼，我都會相信妳是爲我好，或是妳有妳的理由而必須這麼做。媽媽妳每天做早餐給我吃，陪我去上學，聽我說故事，跟我分享我生命當中的每一分每一秒。每次我在任何地方任何時候，只要喊一聲「媽媽」，妳永遠會立刻放下手邊正在進行的工作，過來看著我傾聽我所需要的幫助。妳在我發高燒的時候徹夜不眠用溫毛巾擦拭我的額頭與雙手，妳牽著我扶持著我從爬行到用雙腿行走，妳耐心聽完我有限的字彙所表達的各種想法，妳每天在陰黑的傍晚用愛與關懷點燃家裡的燈，讓我循著光明找到回家的路，每一次當我大聲喊出：「媽媽我回來了」，妳會立刻接著回應：「寶貝回家囉，今天好玩嗎？」

媽媽，一月一號已經快接近尾聲，再過三個鐘頭就要結束了。妳已經消失了一整天，如果今天深夜妳願意提前結束三天的時間而回到家，會不會告訴我「今天好玩嗎？」

媽媽，我好想妳！但是我不知道我能去哪兒尋找妳。

我走進妳的書房，翻閱妳留下來的每一個隻字片語。我知道妳唯一的夢想是成爲一個受到肯定的小說家，但是妳無論怎麼努力書寫始終沒有得到像樣的獎項。爲此，妳還曾經用曾國藩的歷史故事從「屢戰屢敗」改爲「屢敗屢戰」用來敦促我們兩個人，在人生高高低低的道路上勉勵自己要堅強地向前方行進。

我因爲有妳的陪伴，而勇敢的走到十六歲的生命，妳呢？到底是什麼樣的遭遇讓妳必須放棄現在的生活去追尋三天的寧靜？三天之後妳會讓我面臨什麼樣的結果？媽媽，我愛妳，從小到大我們兩人說來說去大概累積了有好幾萬遍，有什麼事情是愛無法克服而必須獨自去面對？

於是，我在抽屜裡發現了這篇小說。

臨時演員

「假裝」是一件很容易做到卻很難做好的事。

想想演戲這回事吧！那麼多個演員，卻總是只有少數幾個人能夠出類拔萃，成爲頂尖的人物；而人生，不也正是如此？卑微的我們在大部分的時間裡都在咀嚼苦難，辛酸和委屈就像是血液中的寄生蟲，逐漸腐蝕霉鏽我們的免疫能力，當我們對一切欲振乏力的情節感到冷酷和漠視時，其實我們只不過是年輪光譜中演技較爲差勁的臨時演員罷了！

因爲我們在歷史的舞台中假裝忽略和遺忘那些可能重演的悲劇，卻無法假裝它不會來臨。

＊

每個早晨，我已經習慣翻閱報紙內頁的徵人廣告，渴望找到一份新工作，幫助我度過最近生活中的一些難題。

今天的運氣很好，因為我看到報上在徵「臨時演員」，日領現金，工作輕鬆，隨到隨用。

於是我馬上洗臉刷牙直奔拍戲現場報到。執行製作說，臨時演員的身分要靠衣服來決定，穿到什麼衣服就演什麼角色。當時有個發育強壯的國中女生，瞬間搶走了繡著蕾絲花邊的純白綢緞新娘禮服，其他人也紛紛前擁後擠地去搶奪醫師、空中小姐、飯店經理的制服，到最後連路人甲乙丙丁的衣服都被卡位完畢，只剩下一套肅裝整齊的軍官制服懸在更衣室外，像個幽靈！

想起從前，我姊姊曾經說過，她最想要做的就是一個軍人，因為當軍人可以伸張正義。可是今天，在這個演戲的地方，沒有一個人有興趣來扮演軍人。

執行製作說這件軍服簡直就是爲我訂做的，我穿起來非常英挺；導演後來也特別告訴我，我唯一要認眞的事就是一直坐在辦公桌旁假裝辦公，其他什麼事也不必做。

*

我這一輩子，倒是沒有認眞做過什麼事。

可是我姊姊就不同，她在一家雜誌社做編輯，辦公桌上常常堆滿書報雜誌，每一次我去找她，她都會在書桌上對我笑，然後說，妹妹，妳要多讀書！這是妳唯一能夠在別人的世界裡尋找到勇氣的方式。

我姊姊是個愛讀書的人，即使在童年那麼不愉快的生活環境裡，她也沒有放棄過求知的願望。但是無辜的她，卻經常因爲我的考試不及格而被爸爸打；爸爸定出的鋼鐵紀律是，妹妹不用功，該打；姊姊沒教好，也該打。

奇怪這一切嚴苛的要求似乎永遠跟我的哥哥沒有關係，他不管做對事或是做錯事，從來就沒有被打過；因爲爸爸曾經說過，他是獨子，獨一無二的兒子身分也就保障了他獨一無二的特權。

更令人納悶的是，當我和姊姊被家法伺候的同時，我的媽媽，也沒有保護過我們，事實上，她進這個家門的日子比郵差送信的時間還少。

人們說，我爸爸和我媽媽分居了；人們還說，我媽媽外面有了野男人。

每一次我拿這個問題去問姊姊的時候，她都會告訴我，不要讓別人破壞了我們幸福美滿的家庭。

沒有媽媽也可以叫做幸福美滿嗎？

姊姊說，媽媽到很遠很遠的地方去上班，她只有在放假的時候才能夠回來。放假的時候？我又問，媽媽如果不放假，我畫的母親節卡片要送給誰？

就寄給妳最喜歡的人吧！姊姊回答。

結果，我把卡片寄給姊姊。

許多年後，我在她的辦公桌上看到了這張卡片。我什麼話也沒說，事實上，我也不知道該說些什麼。這中間逝去的光陰如梭，且圍繞著無限糾纏的苦痛；我覺得我們都在假裝忘記了那些曾經發生在我們生命中的傷痛，彷彿假裝忘記就代表過去沒有發生過任何悲劇；假裝忘記就可以讓傷痛因漠視而撫平痕跡，未來才會美麗。

*

那個穿上白紗新娘禮服的國中女生開始抱怨天氣太熱，她不要穿這件厚重的衣服，她要換別的角色。導演說：「喂！新娘可是一個很重要的角色喔，妳想想看，這是一個女孩子的一生中最特殊的生命歷程唉！」

*

同樣是一個酷熱的夏天，哥哥剛升國中一年級，媽媽不知去向，爸爸經常加班；整個暑假，我們兄妹三人，就在屋子裡不停地看第四台和錄影帶。有一天下午，哥哥教我們把浴缸裡放滿了水，說要在浴缸裡游泳。當時正是一天之內最悶熱凝重的下午，我首當其衝的脫光衣服跳下水裡涼快，姊姊比較害羞，她穿著純白色的內衣內褲，但是下水後頓時濕成透明，哥哥的屁股在泡水以後也突然腫脹，好像長了肉瘤。

哥哥說，我們來玩新郎新娘的遊戲好不好？

然後哥哥帶著姊姊進去爸爸的房間，把門關起來，不讓我看到。

我在門外待了半個小時，心裡一直嘀咕著爲什麼不是我當新娘？於是我起身衝到房間門口想要開門，才發現門被反鎖了，我情急之下大叫：「開門啊！開門啊！我也要當新娘！」

幾分鐘後，門終於打開。姊姊神色木然地走進浴室去洗澡；哥哥則躺在床上，把頭蒙在被子裡，好像睡著了。我跑過去搥他，鬧著，換我當新娘！哥哥頭也不抬的回答我：他不想玩了。我繼續吵！吵得哥哥心煩意亂，突然抬起頭，用一種電視裡飾演壞人的演員才會有的凶狠眼光，說：「你不要煩我，今天的事也不准跟任何人講，你敢說出去我就殺了你。」

這是一個很奇怪的祕密。那天之後，我們之中，再也沒有一個人說要玩新郎新娘的遊戲；也沒有人願意再去浴缸裡游泳。姊姊在往後的日子裡很少與哥哥說話，好像陌生人。哥哥的成績也不知道爲什麼一落千丈，行爲變得暴躁，他從來不跟任何人解釋原因，任憑學校作主把他退學。爸爸對於這樣的事情顯得非常焦慮，他忙著幫哥哥找學校繼續念書，卻從來沒有責備過他一句話。最後終於找到了一個必須住校的私立教會初中，哥哥從此以後不再跟我們住在一起。

我一點都不關心哥哥要搬到哪裡去，我唯一在乎的是，爲什麼哥哥無論做了什麼事都不需要挨罵？我和姊姊卻會爲了一次小考的退步被打二十下的手心？難道遊戲規則總是這麼不公平？還是因爲我和姊姊不是爸爸親生的小孩？這個念頭自萌生以後，便不斷盤旋在我的腦海裡，直到爸爸到南部出差的那一個月，媽媽又另外帶了一個「爸爸」回來。

第二個「爸爸」比第一個爸爸年輕許多，媽媽說，如果我們不想叫他「爸爸」，我們可以叫他「小爸爸」。

小爸爸第一天見到我們的時候，又送衣服又送糖果，又帶我們到動物園去玩，在路上只要是我喜歡的東西，他都會買給我。我覺得這個小爸爸比原來的爸爸好了一千萬倍；但是姊姊卻非常認眞的告訴我，絕對不可以叫另外一個人「爸爸」。

最後他發現辛苦一天的代價仍然是換得我和姊姊冷漠的眼光，他就開始不悅了。媽媽趁他去幫我們買汽水的時候罵我們姊妹：「你們是白癡啊？一句好話都不會說嗎？叫人家一聲爸爸會死啊？人家陳叔叔有的是錢，你們嘴巴甜一點就可以再多跟他要一些東西，說不定連房子都會送給你們一棟。你爸爸只是個公務員，有什麼出息？你們兩個笨得跟你爸爸一樣。」

「媽媽！」姊姊說：「我們不要房子，我們只要媽媽……。」這段對話因爲陳叔叔買了臭豆腐回來而告中斷；但是我看到姊姊的眼睛已經紅了。當天晚上，直到我和姊姊上床睡覺的時候，陳叔叔還待在我們家裡沒有走。

那天晚上我一直沒有睡著！因爲我一直在幻想爸爸媽媽睡在一起，是不是像故事書裡寫的一樣，過著幸福快樂的日子。

於是我走近媽媽的房間門口，尋找幸福快樂的模樣。

我一眼就看到媽媽跟叔叔都沒有穿衣服，媽媽還把頭埋在陳叔叔的大腿裡面，讓陳叔叔不斷呻吟，像是要拉肚子的鬼叫；而媽媽的頭還是陷在那裡不肯出來。我聽說過吸血鬼在吸不到血的時候會以吃大便代替，這個念頭讓我覺得很恐怖，好像我媽媽已經是個吃大便的吸血鬼。我嚇得無法移動，心裡一直祈求姊姊會來救我。突然間，媽媽抬起她的頭，挪動身體，露出一雙又圓又白的屁股，猛然坐到陳叔叔的肚子上，開始前前後後扭個不停，這樣的動作像極了巷子口那家小廟裡面的法師，他每次作法時也是這麼全身顫抖；但是，法師發抖的時候還會穿著衣服，媽媽爲什麼不穿衣服呢？媽媽怕不怕冷？難道媽媽也在作法召喚靈魂？媽媽會變成巫婆嗎？媽媽會不會被陳叔叔害死？

「不要！不要！」我聽到自己在狂叫：「媽媽妳不要死，妳不要死！」

我媽媽沒有死，因爲她迅速跳下床來連刮了我兩巴掌，「野孩子，半夜不睡覺跑來偷看大人辦事。」媽媽把我拖回房間時，還陰森森地補了一句：「妳給我聽清楚，今天晚上的事不准跟妳爸爸說，妳要是敢說一個字，我就把妳賣到妓女戶；要不然就把妳的喉嚨割掉。」

我嚇得不敢發出聲音！黑暗中回到姊姊身邊，她拉住我的手，握進她的手心。等到媽媽把房間門鎖住以後，我才敢吸鼻涕，哭哭啼啼地告訴姊姊：「媽媽不是媽媽，媽媽不是媽媽。」我眞的相信我媽媽會把我殺了，尤其又親眼看見了她折磨陳叔叔的那一幕畫面。我告訴姊姊說媽媽要殺我，姊姊輕聲地安慰我，不會的！我問爲什麼？她說她會保護我。「妳一定要保護我喔。」我最後這麼複誦著，終於在姊姊的懷裡安詳睡去。

*

「喂！叫那個演軍人的臨時演員不要再睡了。」

執行製作走過來把我搖醒，他說導演生氣了，我怎麼可以在拍戲的時候睡著呢？我說我怎麼知道？是你們叫我什麼事也不必做，只要規規矩矩地坐在辦公桌上假裝專心辦公就可以了，我一專心就容易睡著，這不能怪我啊！執行製作說，但是你不要再睡了，因爲我們馬上就要拍到你這個部分。我問他，那麼我要做什麼呢？他說跟剛才一樣，什麼事也不必做，繼續假裝辦公就可以了。

*

又要假裝啊？

我心裡想，我這一輩子好像就沒有停止過假裝；小的時候假裝媽媽去遠方，假裝從來沒有另外的「爸爸」，假裝不認識我哥哥，假裝沒有傷痛。

我姊姊卻是個跟我完全不一樣的典型。

她認眞工作，勤奮上進，她在高中苦讀三年就是爲了考上軍校，但是最後卻因爲體檢不及格，粉碎了她的夢想；醫生說她的手肘因爲幼時骨折而嚴重扭曲，彎度過大，所以不能錄取。當軍人是姊姊從小的心願，如今卻因爲手肘受傷而取消資格，我比她更難過；因爲，她的傷害是我造成的。

那是爸爸和媽媽正式協議離婚之前，媽媽帶著我們跟另一個新叔叔同住一段日子，說要適應新環境。

有一天，新叔叔說，夏天天氣熱，叫我們晚上跟他睡在一起，可以吹冷氣。到了半夜，他突然趴到我身上，脫掉我的內褲，拿一個濕濕軟軟的東西搓我尿尿的地方，我覺得好痛，大叫起來，新叔叔的臭嘴在我耳邊吹氣說不准發出聲音，可是我痛得要命，直覺反應又是一陣亂叫。姊姊在這個時候出現了，用她小小身體的全部力氣衝向新叔叔的身上，然後拳打腳踢，發狂似的推開新叔叔，不斷喊著：「不准你欺負我妹妹，不准你欺負我妹妹！」可是新叔叔一揮手就把我姊姊彈到床底下，他站起來的時候，我才發現新叔叔沒有穿褲子，他的屁股前面懸著雜亂的黑毛和一塊肉色腫瘤，就像哥哥玩新郎新娘的遊戲時一樣。

惱怒的他把姊姊當作報復的目標，而我只會尖叫。最後我親眼看到姊姊像個破布娃娃似的被新叔叔丟來丟去，她的臉上和身上都是血，她的身上彷彿生出一雙無形卻斷裂的翅膀，讓她在這個房間裡持續飄蕩；只要她被新叔叔沾到，她就變成了一塊布，用鮮血染成的破舊腐霉碎布，在我的視線裡，飛來飛去！

最後因爲鄰居被我的尖叫聲吵得受不了，報警之後才結束這場屠殺。警察把新叔叔帶去偵訊時要他做筆錄，他說，這是我姊姊自己摔的；他後來又改變口供，說我姊姊是因爲和我打架才把自己弄成這個樣子。

我只記得當我爸爸在半夜裡匆忙趕到醫院時，焦慮的他跪在床邊緊緊握住姊姊的手，不停地掉眼淚。警察又來找我們，說這是什麼傷害罪，要抓人去坐牢；他們問我，這到底是怎麼一回事？要我老老實實地全部說出來，我吞吞吐吐了半天，爸爸卻按捺不住脾氣，衝上前去要打新叔叔，可是肥壯的新叔叔只不過順手一推就讓爸爸摸倒在地上。我看到連偉大的爸爸都打不過他，心裡更害怕，而新叔叔又用野獸般的眼睛惡狠狠地瞪著我，說，你小心，冤枉人會不得好死！

我不要死，我也不要爸爸死，我更不希望姊姊死；可是我到底該怎麼辦？從小就沒有人教過我該如何保護自己，從來都是姊姊在保護我，而姊姊現在脆弱得連話都說不出來，爸爸又被新叔叔推倒閃了腰，然後新叔叔又用那種殺人凶手的眼光警告我，不可以冤枉他！姊姊在天空披著血衣飛翔的鏡頭不斷地重複在我腦海裡，我什麼話也說不出來，我只要我的姊姊，姊姊……

他們最後診斷我是因爲驚嚇過度而患了暫時性的記憶麻痹，唯一知道眞相的我卻什麼事都說不清楚。新叔叔後來還在警察面前告狀，說我和我姊姊會偷東西，最好把我們捉去監牢裡關起來；爲了這件事，警察還很認眞的跑來詢問我，有沒有做過什麼壞事？有！我心裡吶喊著，到目前爲止，我做過最壞的事就是沒有還給姊姊一個清白，不敢坦白指認新叔叔就是那個傷害她的凶手，還讓別人誤會我們是小偷。

姊姊逐漸康復之後，她一個字都沒說；有時候我看著她，她看著我，我們就會默默地流下眼淚，很有默契地遺忘語言的功能，假裝什麼事都沒有發生過；姊姊的手就是在那個時候斷掉的。後來她偶爾還會跟我開玩笑，說，等她好了以後再帶我去打羽毛球，好不好？我說好啊！她接著勸我，要好好用功讀書，等到我們有能力獨立的時候，才會獲得眞正的自由，然後她總是抬起頭，無言地望向天空。

*

「喂！那個演軍人的，你不可以看天空啊！你在辦公欸！」

「幹妳娘！老是給我找麻煩。」導演氣得離開導演椅，在旁邊踱方步。我問執行製作：「你們不是告訴我說什麼事都不必做的嗎？怎麼後來意見這麼多？」他說，是啊，我們只要你演辦公的樣子，你又偏偏抬頭看天空。我說：「即使是很專心辦公的人，也會偶爾抬起頭來看一下天空吧！」

執行製作說，可是我們正在演戲，你只要演好你的角色就行了，拜託拜託。

*

演戲？我從小就很會演戲。每一次在學校裡老師要大家合唱「我的家庭眞可愛，整潔美滿又安康」，我明明知道這對我來說都是假的，可是我卻要裝作很快樂的樣子去唱歌，否則會被老師罵我不合群。開學的時候各年級重新分班，我又必須作一番全新的自我介紹；第一年我說我媽媽是空中小姐，經常不在家；第二年覺得當空姐沒氣質，於是我媽就變成了外交官，派到象牙海岸。至於我爸爸呢，他實際升官的速度還沒有我給他加得快，到了高中畢業那一年，他已經被我描述成一個萬能的董事長了。而我的志願，就是將來要當軍人（其實是剽竊我姊姊的志願），我要保衛國家，保衛親人（只有我姊姊）。這麼冠冕堂皇的一番話，我朗誦起來不疾不徐，跟眞的一樣。瞧！我不是很會演戲嗎？你們實在應該請我去演主角，而不只是一個臨時演員。我的一生，所經歷過的故事絕對超越了任何編劇的想像力，我在一次次「臨時演員」的角色扮演中所學會的最大收穫就是擅於假裝一切苦痛都沒有發生過，尤其是那些會引起絲毫不悅的經驗，注定是最迅速被遺忘的，因爲唯有遺忘才能蛻變出全新的自己，重新期待下一次完美的演出。因爲姊姊說，當冬天來臨的時候，就表示春天已經不遠了。

姊姊說得沒錯，我的第一個春天就是爸爸衰老得不再打我們。

但是接著沒多久，爸爸就因爲心臟病送進醫院，再也沒有出來過。

所有的後事都是姊姊和哥哥料理的，我才終於見到了多年迴避不見的哥哥。

他長大了，也變高了，模樣非常斯文，還戴著眼鏡；他說他剛剛結婚，也考上律師執照，現在在某某大律師事務所工作，他最後吞吞吐吐的說，他希望能代替爸爸，照顧我們姊妹倆，算是彌補……彌補一些他過去沒有在家照顧我們的義務。姊姊沒有回答，我也不敢說話，只是我突然懷念起爸爸，我發現我竟然想念他會打我們的時候要比他不打我們的時候多，彷彿失去了爸爸的戒律就失去了人生的方向，我們該何去何從呢？

姊姊執意要分財產，各自生活。

哥哥無言的離去，剩下我一個人，陪伴在姊姊左右；我忍不住問姊姊會不會拋棄我？

姊姊堅定的回答：「我說過要保護妳的。」這個時候，我恍然大悟，覺得姊姊才是我的媽媽，她一直在我身旁守候，永遠不會放棄我！一個眞正的媽媽至少要做到這一點，可是我那個「眞正」的媽媽卻從來沒有做到過。

等到處理完爸爸的事之後，我們終於有空去媽媽那裡接回寄養的小狗，結果她反問我們，是哪一隻小狗啊？

我說，那隻毛茸茸的褐色混血博美狗啊！媽媽說她不記得了。怎麼可能呢？兩個禮拜前我跟姊姊才一起拿來拜託妳幫忙養的，怎麼會那麼快就忘記了？媽媽說她眞的不記得了。我說她撒謊，她一定是搞丟了，才故意騙我們從來就沒有球球這隻狗。我們在屋外越吵越大聲，驚動了屋裡的人，有一個沒見過面的新叔叔忍不住走出來問我們到底在吵什麼？「哦！那隻黃色毛茸茸的小土狗啊？」他轉向我媽媽，說：「我們不是把它吃掉了嗎？那只不過是一隻流浪狗嘛！」眞相大白之後，媽媽又改口跟我們解釋說她眞的不是故意的！她眞的不是故意的。

球球是爸爸這輩子唯一點頭讓我們收養的小狗，球球的靈巧曾經讓這個疏離無助的家充滿片刻歡笑，無辜的牠，竟然被吃進媽媽和她的朋友肚子裡；而媽媽只會說她不是故意的！

媽媽拋棄我們也不是故意的，只是她自己的快樂比較重要，所以她必須離開我們，她才能夠擁有自己的春天。那麼我呢？姊姊呢？爸爸呢？我們的春天就活該被消滅嗎？我們還能擁有多少空間去想像，當春天來臨的時候，是否有能力保全一顆從未被摧殘的純眞心靈，展開天使般的翅膀迎接它？還是我們只能微弱地渴望自己在那個時候，不至於體無完膚到無力承受用盡一生等候的喜樂？

*

開工了！咦，那個軍人呢？拜託，叫他不要再玩小狗了。

執行製作跑過來，告訴我下一場戲的重點。他說，這一次不拍辦公桌的戲了，我必須假裝站在窗子旁邊望外看，依舊是什麼事也不必做。什麼事也不必做？我再確認一次。是的，你什麼事也不必做，喔！但是你不可以抬頭看天空，因爲這一場要拍的是女主角跳樓的戲，你必須往下看。有人要跳樓？我要不要去救他呢？

這個我們會處理，執行製作冷漠的回答，不關你的事。

*

我站在四樓的窗戶旁往下看，有一群人在下面走來走去，他們騷動得讓我分不清楚哪一些是工作人員而哪一些又是臨時演員，這樣的觀望，讓我覺得大家都像演員，只是穿上了不同的衣服，就扮演了不同的角色。而我呢？我現在所演出的卻是我姊姊的夢想，是她永遠也不可能實現的夢想。

我曾經問過姊姊爲什麼這麼喜歡讀書？她回答我，只有在別人的世界裡，她才能感受到自由；這個答案讓我覺得很納悶，我姊姊是個非常善良的人，她一輩子沒有害過任何人，爲什麼還要尋找自由？那天姊姊正在爲我煮香菇雞湯，姊姊問我，記不記得小時候我們只有在吃泡麵的時候見過香菇，那種剁得碎碎的香菇渣，後來你見到眞正的香菇時還不認識，說，你要吃那種跟泡麵一樣的香菇。我說我忘記了，你怎麼還記得？姊姊說，她從來沒有忘記過任何跟我有關的事。我馬上聯想到新郎新娘的遊戲，難道她也記得嗎？但是她卻表現出全然遺忘的態度。我突然有感而發，說，姊姊，我已經長大了，以後換我保護你！姊姊笑笑：「小妹妹，你永遠都是我的小妹妹啊！」我說，姊姊，相信我，我可以保護你。

姊姊妳要相信我，我眞的眞的發誓要保護妳。那一天哥哥突然出現在妳的辦公室，我也嚇了一跳。哥哥出現時的表情非常哀戚，好像得了重病一樣；我猜他是來質問我們爲什麼不去參加他的婚禮？但是他也不必這麼憂愁，好像又有誰要死了一樣。他終於開口，說，希望單獨和姊姊談一下。

我怔怔望著姊姊，看著她猶豫了一下，說，妹妹，妳先到樓下等我好了，我馬上就來。我最後一次看到的是姊姊那瘦小的身影和哥哥高大的身軀形成強烈的對比，當我關上玻璃門的那一剎那，我突然想起很久很久以前刻意被遺忘的畫面，他們又把我鎖在外面了。

我到樓下的便利商店看雜誌，旁邊站著一個衣著端莊，長相美麗的女人，令我忍不住偷偷瞧她幾眼；她拿著一本有關法律顧問的書，看得非常認眞；我多嘴開口問她：「妳是律師嗎？」她點點頭。「妳在這裡工作嗎？」她說不是，她先生到樓上辦點事情，她在這裡等他。「哇！妳先生很幸運，有妳這麼漂亮的老婆。」但是她卻語重心長的回答我，任何事情都不能只看表面就做決定。「爲什麼？」女人面帶憂愁地回答我，她先生原本是一個非常優秀的律師，但是因爲曾經在小時候做了一件違背良心的錯事，爲此無法釋懷，所以他一直很不快樂，當他將這個藏在內心深處，假裝遺忘許久的祕密說出來向妻子告解時，他們決定坦白面對這件過錯，面對面向被害人道歉，承認錯誤，唯有如此，才能讓當事人禁錮的心靈解脫，良知獲得救贖。

「爲什麼不能夠假裝忘記？有些傷心事也許不被提起反而會比較快樂，就當作沒有發生過一樣吧！」

女人說：「假裝忘記比較容易，但是要假裝不傷心會抵抗到自己的良知……奇怪我爲什麼要跟你說這麼多？我覺得你的樣子有點熟悉，仔細看，你長得還有一點點像我先生……」就在這個時候，我聽見了一聲巨響，外面有人喊著，叫救護車！叫救護車！有人跳樓了！我好奇地跟著人群擁向出事地點，才發現那個跳樓的人是我唯一，最親愛的姊姊。

*

「拜託！軍人怎麼可以掉眼淚呢？叫那個演軍人的人不要再哭了好嗎？」執行製作又匆匆忙忙地衝上樓來，問我，你到底在幹什麼？我說，我什麼事也沒有做啊。他說，但是你不可以掉眼淚。我說，我不過只是一個臨時演員嘛？你們爲什麼老是要找我麻煩？執行製作無奈的說，拜託你，只要做出茫然的表情就可以了，好嗎？你是一個茫然的臨時演員。茫然？我的確是一個茫然的人，不只是一個臨時演員。我跟執行製作說，讓我去洗把臉吧。他說可以，但是要儘快回來，我的戲還沒有演完。

*

我離開拍戲現場之後就再也沒有回去了，那裡不是屬於我的地方，我努力配合演出卻總是換來一頓無情的挑剔。我必須到醫院去探望我的姊姊，我希望她在晚餐之前能看見我穿軍服的樣子。

我姊姊跳樓以後摔斷頸椎，她在醫院裡已經躺了三個月，三個月來，她沒有同我說過一句話，她變成了植物人。這三個月，我拚命找工作就爲了賺錢證明我有能力保護她，但是沒有一家公司願意錄用一個只能上半天班的人；我解釋，我必須去醫院照顧我姊姊；他們的回答都是相同的台詞，說，他們不是開救濟院，沒有辦法幫助我。我並沒有要他們救濟我啊，我只是要找一個工作而已，我不能讓姊姊每天都一個人孤伶伶地躺在醫院裡，我們姊妹倆從來就沒有被拆散過！

哥哥要我不必緊張，醫藥費他會負責到底；我嫂嫂也這麼安慰我（原來她就是在超級商店裡看法律顧問的女人）。但是他們的說辭都不能令我感到釋懷，也沒有一個人願意透露那天最後的對話內容，究竟是爲了什麼會把我姊姊逼到跳樓？我不停的責問著哥哥，他卻是一個字也不肯說，他越是不說話，我就越是胡思亂想，越無法理解爲何一定要靠面對面說清楚才能解決問題？最後我對著他們破口大罵後離去：「你們沒有權利用自以爲是聰明的方法來對待我和姊姊試圖在這個世界生存的方式！」

姊姊……

我今天穿了一套亮麗挺拔的軍人制服，態度神勇英明，甚至在坐公車來醫院的途中，司機先生只收我軍人優待票的錢，還有一個阿兵哥起立跟我敬禮。姊姊，我就要來看妳了，我沒有鮮花，也沒錢買奶粉，但是我穿了一套威武的軍人制服，妳一定會說好看的；善良如妳，一定也會高興看到在我身上實現了妳夢寐以求的理想。姊姊，讓我保護妳，從今以後，妳不必再擔心那些需要假裝以及需要遺忘的事有多麼複雜，妳也不需知道其實我身上的軍服只是一場戲裡面的服裝道具；重要的是，我在妳面前從來沒有演過戲。我說的話都是眞心的，縱然我們在人生的其他段落中曾經扮演過假裝不在乎的角色，好像一個戲外戲中的臨時演員，但是我們都知曉粉飾登場的面具之下其實是一顆明白的心，只是它不得不被覆蓋在彩裝的面具之下以免我們在滴血時成爲無情世界的標的；然而，傷痛它不顧一切迅速累積，我們持續武裝自己以至於錯過了許多可以卸妝的時機。

「537號床的病人呢？」

「你是她家屬嗎？她在今天下午三點零三分的時候斷氣了。」

「不！……不可以！」

「很抱歉，她已經過去了。」

不！你們怎麼可以說得那麼容易？她是我姊姊，我唯一的，最親愛的姊姊，你們不可以讓她這麼輕易地就消失在這個世界裡。我不相信！發了狂的我追到每一間病房裡掀被子尋找姊姊，她不會不跟我說一句話就永遠離開我，她不是這種不負責任的人，她說過要永遠永遠，跟我在一起。

有人過來拉住我，想要阻止我找尋姊姊的行動，我用盡力氣在他身上咬了一口，一股又鹹又腥的味道襲向我口中，於是我開始瘋狂地用牙齒攻擊任何一個想要阻止我的陌生人，我必須勇往直前，才能找到我的姊姊；如果我連自己都保護不了，必定又要再度殃及我姊姊用她瘦小的身軀來抵禦衆人。她如何抵擋得了？她會不會重複兒時披著血衣飛翔的鏡頭，最後離我遠去？姊姊……。我的四肢終於被人緊緊架住，無法動彈。在我確定自己用盡最後一分力氣也無法脫離束縛時，我終於明白，這一次，姊姊不會再來拯救我，她，已經，拋棄我了。

我開始放聲大哭，衣服濕成一片，像個尿失禁的大人；我聽到有人說，原來軍官也會哭，好可憐喔！還有人耳語著，眞不幸啊，姊姊死了，妹妹也崩潰了。

我已經沒有力氣對抗別人的閒言閒語，我很想假裝這一切都沒有發生過，假裝姊姊還在家裡等我，假裝我是一個雄赳赳、氣昂昂的軍人，就要義正詞嚴地告訴衆人，我要保護我的姊姊！但是，無能的我，只剩下獨自啜泣的衰弱呼吸！

這群陌生人最後把我送到一個更陌生的地方，那兒群集著跟我穿著雷同制服的人。有一個年輕人走到我身旁，很客氣的問我：「爲了方便我們登記資料，請你說出你的名字好嗎？」

我是一個臨時演員，我說。

我是一個臨時演員……。

我是一個臨時演員。

第二部

一月二日

一

有人說黎明前的黑暗特別黑！也許是漫漫長夜的苦悶已經達到飽和，讓人產生一種臨界的絕望孤獨，全世界都睡了只有我還醒著，醒著是爲了什麼？連自己都不知道理由，就這樣陷入伊於胡底的深淵，糾纏於身外無光的空間與滴答滴答不知前進還是後退的時間，腦內枝椏盤橫的迴旋是對待人生的距離是適者生存的謊言是眼球無稽震動的淺眠是解不開的今生來世大輪迴，就是沒有我自己。在將暗非暗欲明未明的時光中，黎明是偷翻牆的小孩溜進來了。

天亮了也找不到答案。只有那一股塞在胸中的鳥氣，如隱然窩藏胸中塊壘因陽光露出笑臉而前嫌盡釋。人們都清醒了，只有我留著記憶，帶入夢裡。

這是我一個朋友在部落格上所寫的文章，他說他常常失眠。

我從來沒有失眠的痛苦，我媽媽直到我小學三年級都還會陪我入睡。我說：「媽媽陪我睡覺！」她就來了。在這裡我甚至可以透露一個小祕密，我媽媽幫我用濕紙巾擦大便後的屁股直到我小學五年級，因爲我的屁股已經具備成人規模不再像可愛的兒童屁股而自覺羞恥不敢再叫媽媽來幫我擦屁股，要不然，我直到小學四年級以前，每次上完大號之後與母親之間的標準對話都是：「安安，你要學習自己擦屁股，要不然在學校上廁所怎麼辦？」「在學校我會自己擦，在家裡我想要媽媽幫我擦！」「那麼媽媽要幫你擦屁股到什麼時候？」「到我一百零八歲。」我最後都這麼回答。

我向媽媽訴說生活中所有大大小小的事情，她總是微笑傾聽。我知道她有時候並沒有眞正專心聽我講話，因爲她在間隔一分鐘之後所提問的問題顯得非常牛頭不對馬嘴。比方說我正講述網球校隊的訓練內容，我是如何以一個反手拍擊出漂亮的邊界球讓對方來不及接招而失分；她竟然回答我：「那麼守門員可能在打瞌睡。」

即使如此，我還是這麼這麼地愛她。

關於愛……。

我出生時第一次接觸的女體，如此柔軟，如此清香。我依偎在她的胸膛，最喜歡將頭頂在她的胳肢窩間，臉龐緊接著她的側脊，讓她以手臂與邊緣肋骨將我環繞，包圍在她骨架與肌肉之中；我彷彿知道我再也無法回到她的體內，而以本能選擇最舒服的方式融進她的身體。只要靠近她，我心裡有再多奇奇怪怪說不出來的烏煙瘴氣，都會一掃而空，那怕她什麼話也沒說，只是靜靜地看著我。

曾經她以為時光飛逝中故事不需要人懂，只是默默承受；但是她靜靜的看著我，一個人形，從五十公分到一百七十五公分，我像個沒有觀眾的模特兒，在伸展台上獨自行走，只有我媽媽專心地看著我。就是單純地讓她看著，我也能感到歡愉，我們四目交接的時候是這麼寧靜，即使只有短短的幾秒鐘，我都能感覺到，那個很通俗的形容詞：「星星知我心」。

有個女孩在噗浪上就留了這麼一句話給我：「星星知我心」。我上網找了很久的資訊，才發現那是一齣古早古早以前的暢銷八點檔連續劇，內容描述一個母親因病被迫放棄她的五個孩子，後來在臨死之前，非常想念她的親生孩子，於是一個一個把他們找回來，全家團圓，度過生命中最後的天倫之樂。

我不知道那個女孩知不知道這個典故，她留這麼一句話給我，是因為她想把我當作她失散的親兄妹？還是她在暗示她有資格成為我母親的替身？或者只是很簡單的，一廂情願地阿諛我像一顆星星瞭解她的心？我想最不可能的解釋應該是我讓她感覺到母性的光輝。

我猜那個女孩喜歡我，她總是在聚餐的時候點選跟我一模一樣的餐點，有一次我故意點一杯咖啡，她竟然也跟著我喝咖啡，結果從來沒有吸收過咖啡因的她，竟然在喝了半杯之後開始心悸，冒冷汗，手腳發軟，臉色發白孤單地坐在桌角的位置上，不知所措。哥兒們問她怎麼回事，是不是在害喜？這眞是一個惡毒的笑話。倔強的她咬牙槓齒地回答：「就算害喜，你也不是孩子的爸爸，你還神氣什麼？」

我心裡明白，她的症狀因我而起，可是我無法在同儕之間對她付出多餘的關心，只要有一次被兄弟們抓到把柄，我們倆就會莫名其妙的被配對，然後，然後，然後是我不敢想像也還沒有心理準備承受的一切。

「我媽媽有時候喝了咖啡也會這樣，她說只要趕緊喝大量的水，稀釋掉體內的過量咖啡因，慢慢的就會好了。」我只能這樣照顧她。

有一個平常就有紳士稱號的男同學，立刻跟服務生要了白開水，請那位女孩多喝點。那個愛開冷酷玩笑的哥兒們，終於在一旁噤聲不語，也許，他也曾經體驗過咖啡因的苦楚，而感同身受地收斂起囂張的氣焰。

回家之後我跟我媽媽述說這個故事，媽媽只跟我講一句話：「娶妻要娶德」。這句話她跟我從小說到大，幾乎成爲我的四句家訓之外的另一個座右銘。我媽媽總是強調世間事不能只看表面，人們很容易被表象的璀璨光環所迷惑，而忽略了潛伏在內裡的本質。

本質是什麼？

每一個人所能對應到的本質都不相同，媽媽說：「我希望你將來能找到一個最適合你的女孩子，眞心對你好，還能夠陪伴你聊天到終老。」

還是我爸爸比較直接，他說：「你不要花錢裝闊去討女孩子歡心，要先考驗她會不會主動買早餐給你吃。」

後來我看了金庸的《倚天屠龍記》，我發現我媽媽可能是受到殷素素的影響太深。這位才貌雙全卻又陰謀算計的天鷹教白眉鷹王之女，只因爲將老公武當七俠張翠山的師伯害得終身殘廢，而一輩子良心不安。臨死前還不忘對獨子張無忌叮嚀：「越是漂亮的女人越會騙人。」

我覺得我媽媽是全世界最漂亮的女人，同時也是心地最善良的女人，爲什麼，她會對「漂亮」這件事如此不安？女孩子天生麗質應該是一種幸運，就像我在書上看到的，面容姣好的人在應徵工作的時候，通常會具備讓人印象深刻的優勢，如果應徵者的能力大同小異，那麼端正的相貌也就產生了加分的效果，而獲致優先錄取的利基。

所以漂亮是一種武器。我媽媽卻非常害怕這項武器。

我在《臨時演員》那篇小說裡也看到了這種恐懼。那對姊妹，想必是美麗且引人遐想的純潔軀體，她們坦率眞誠地暴露在這個人世間，卻換得無情的覬覦。她們傷痕累累地面對人生，還要假裝這個世界以無窮希望迎接她們的未來。活在遺忘與謊言裡還比較幸福，是嗎？

媽媽，妳的小說中所呈現的世界與妳帶領著我認識的世界，爲何有個極端的差異？在妳那甜美和煦的外表下，又隱藏了多少不爲人知的祕密？我什麼話都跟妳說，爲什麼妳還要對我有所保留？我已經是個經過禮儀教化的青少年，距離我上一次跟妳開性器官的玩笑已經十年。

小時候我問爸爸，我是怎麼生下來的？爸爸說，因爲他把他的雞雞放進媽媽的小洞洞裡，再加上無與倫比的愛，就產生了我這個受精卵，愛的結晶。

無與倫比的愛……；正是我對母親飽溢滿懷卻說不出口的愛。於是我對母親說：「媽媽，我愛妳，我也要把我的小雞雞放進妳的小洞洞裡。」

她的臉色從紅轉爲青，然後發白。她問我，是誰這麼教我的？我回答，是爸爸說的。

那是頭一回，我見識到我母親最嚴肅的管教與訓話，她沒有失控發火，聲音輕柔平靜，卻一字一句像釘子刺進我的腦突觸，告誡我：「以後不可以再說出這種話。這是非常非常不禮貌的行爲。」

當時的我不明就裡，持續追問：「爲什麼爸爸可以放進去？我不能放一下？」

媽媽正色的說：「因爲我們是母子。在倫理關係上是母親與孩子。我們最親密的肉體融合是你在我子宮中依賴我而生存的時候，一旦脫離母體，你就屬於你自己。這個社會有許多禮教必須遵守，是維持社會秩序的無形規範。越過道德的界線，只會製造終身背負的魔障。」

即使只有六歲，我也知道尷尬的滋味。當時眞想轉過身去把我爸爸海K一頓，要不是他不講前因後果如此直截了當的進行健康教育，我也不會甘冒亂倫的嫌疑去要求插入我母親的小洞洞。事實上，我連那小洞洞長得什麼樣子都沒見過，只是因爲愛，因爲說不出口的愛，就以爲我父親所敘述的行爲是愛的表徵，是愛的體現，是愛的最高境界。

而我父親聽到了這段對話之後，只是在一旁掩面而笑，一直等他笑夠之後才答應我母親，以後絕對不會再亂開任何人身體的玩笑。

或者就是因爲我父親對凡事的漫不經心，讓我母親獨自承受了二十年的孤獨而必須以出走的方式沉澱自己並重新思索生命的意義。

一月二號，三天中的第二天，當黎明漸醒，陽光再度普照大地，我發現我又歷經一次無眠的夜，已經兩個晚上沒有睡覺的我，身體上竟沒有任何疲倦與負擔，彷若無感於許多文人口中的失眠焦慮，從舊曆年結束的那一天到新曆年的第二天，我清醒如加滿油的引擎，隨時可以出發上路。我唯一的猶豫是我沒有目的地，因爲失去了她。

第一天我還能夠自我解嘲，以爲媽媽跟我開玩笑，她只是想單獨出去逛街，或去圖書館安靜地看些自己喜歡的書，或是她隱藏在心中的小說家心靈跳躍升起，讓她嘗試在日常生活中開些文藝腔的玩笑：「請給我三天的時間」這一類的吉光片羽。就好比王爾德在進入美國海關時說：「除了天分，我沒有什麼其他的東西要申報。」或是韓寒在《長安亂》書中說過最弔詭的自由主義論述：「任何一種自由都是另外一種安排的開始。」

但此刻我欠缺浪漫的文學心靈，我只想要我的母親回來。她已經消失了一天一夜，在我與她生命交會的經驗中，她從來沒有這樣對待過我。即使她後來卸下家庭主婦的身分，再度外出工作，每天工作得再忙再晚交際應酬面對三教九流，她一定會回家睡覺。如果我在晚上無法熬夜守著她進門，也總會在第二天早上一睜開眼睛時，瞧見已經準備好早餐的她，斜倚在我的床前，握著我的手，跟我說早安，寶貝。

我的母親，我出生時即眷戀至今的愛人，爲什麼需要放逐三天的時間？

二

我找不到答案。

父親不知道在什麼時候出門去了，這是他一向的作風。

小時候，我以爲家就是爸爸上班的地方，他是自己的大老闆，可以隨心所欲決定出差日期，在必須到國外開會的時候打包行李遠行。他說：「我不像一般人需要每天上下班打卡，我的工作內容比較有彈性，只要談成一筆大生意，我們就可以過著幸福快樂的日子。」

後來我才知道，那叫做失業。

父親在被他的老闆解僱之前，曾經有過一段意氣風發的日子，那時候他的職稱叫做董事總經理，是一間國際性藥廠負責大中華地區的最高領導。我出生的時候，爸爸與媽媽就住在台北市東區精華地段的一棟大廈裡，我兩歲時開始探索四輪腳踏車的奧妙，也是從這間六十五坪的豪宅裡隨心所欲橫衝直撞開始。

那時候我們還有一隻貓，叫做伊伊。

伊伊是在媽媽念大學四年級快要畢業時才闖入她的生活，是她這輩子眞正養過的第一隻貓。因爲是第一隻貓，就簡單取名爲「一一」，後來覺得身爲中文系畢業的高材生，應該要玩一些具備創意的文字遊戲而改寫爲同音異義的「伊伊」，秋水伊人的伊。伊伊是隻暹羅貓，據說暹羅貓並不是寵物界被炒作的黃金貓種，所以數量稀少，能養到這種貓全要靠緣分。媽媽說，伊伊跟我一樣，將睜開眼睛後看到的第一個物像供奉為永恆的母親，這輩子就跟定了她。（我私心覺得這樣的論述有點可疑，首先，我出生時的第一眼應該瞧見醫生的手，其次是那個稱讚我胸膛結實的護士；而伊伊在被我媽媽認養時已經有兩個月大，難道那兩個月牠都閉著眼睛喝貓媽媽的奶，以及單靠嗅覺就能與其他八隻兄弟姊妹們嬉戲？）

但是伊伊是我媽媽的另一個孩子，這絕對是無庸置疑的。當我母親懷孕的時候，她已經豢養伊伊十一年。這隻小貓，從我母親是大學生的時候就陪伴著她，一路看著她從學生變成人妻、少婦、母親。當她有孕在身時，所有人都告訴她應該把貓送走，說什麼貓身上的弓漿蟲會造成胎兒畸形以及貓毛會導致孩子嚴重過敏等等的良心建言。我媽媽從來不是一個人云亦云的人，她心中有一個天平，先來後到，情深義重，她自有分寸。

於是她去找獸醫，化驗伊伊的血液，如果伊伊體內有造成人類基因變異的恐怖弓漿蟲，她必須決定割愛。

「你們家是誰外食的機會多？」年邁且經驗豐富的老獸醫詢問著我母親。

「？」我能想像我母親的招牌姿勢，必定是瞪大眼睛，嘴唇微張，眉心輕輕皺縮成幾條肌肉小丘，露出不可思議的表情。

「外食？應該是我吧……，伊伊從小到大都養在家裡，只吃我給牠的貓飼料。」母親認真的說。

「所以……」醫生接著說：「妳要知道弓漿蟲是一種寄生蟲，它只存在於感染弓漿蟲患者的糞便，或是未煮熟的生肉裡。如果妳的貓咪從來沒有出過門，沒有在街頭舔大便或餵食生肉或者與其他的貓咪共同進食，那麼妳要愼重考慮，因爲妳經常性的外食，妳在外面感染弓漿蟲的機率絕對大於妳家貓咪。因此，我建議檢驗弓漿蟲的優先順序應該是『妳』先去抽血化驗，其次才是貓咪。」

得到醫生認證的答案，我母親歡天喜地的回家了。她不但沒有去化驗貓咪體內的寄生蟲，更把獸醫的話當作聖旨，而準備去檢驗自己的血液。

幫我接生的婦產科醫師更妙，他跟我媽媽說：「人類做弓漿蟲的檢驗結果只有兩種，一種是『有得過』另一種是『沒得過』；有得過代表妳已經產生抗體，沒得過代表妳現在很健康，這兩種結果基本上是一樣的，還會影響妳養貓或不養貓的決定嗎？」

「不會。」我媽媽肯定的回答。

「所以我建議妳不要浪費錢去檢驗了。」婦產科醫生說。

這就是我跟伊伊的緣分開始。

我媽媽的理由是，貓咪跟了她十一年，她無法爲了一個從零開始的感情而捨棄掉十一年的依戀。

啊！依戀……。

原來我是從零開始的感情。

從零開始，就像爸爸在那個義大利餐廳裡第一次見到媽媽，在那個春分過後露水蕭瑟的碧雲天，一雙不語卻能夠默默念詩的眼睛，窗外料峭春風吹酒醒，認識媽媽之後，爸爸說，他終於找到了安身立命的歸依。

可我媽媽卻不是這麼說的。

他們正式約會的那一天，慕名前往坐落在天母小巷中一間叫做「溫莎小鎮」的複合式餐廳。媽媽對歷史悠久的國度都有一種莫名的嚮往，例如目前仍然是英國王室的溫莎王朝、不愛江山愛美人的溫莎公爵、有九百六十年歷史的溫莎古堡；天母的溫莎小鎮顯然也是因為與日不落帝國攀親帶故而成為空間上的紅娘地景，獲選為曠男宅女的生活交集。

那是一個陽光炯炯日曬催人汗濕衣衫的晴朗午後，當時我爸爸開著一輛九百九十CC的小轎車（他刻意解釋說因為常住美國，不需要在台灣買車。這台時速不能超過八十公里的小汽車，是為了他那愛開車採買的老爸爸而買的）。載著對約會禮儀非常重視而盛裝打扮的我媽媽，從台北市東邊繞過台北車站千辛萬苦抵達盆地的北邊，又花了半個小時找停車位，好不容易，才走進這間名為「溫莎小鎮」但完全沒有英式風格英式餐點連音樂都選用美國流行樂手鄉村歌曲的餐廳。

下午茶時段，一杯飲料搭配一個蛋糕，三百五十元。

她看到這個價錢，心裡愣了一下。好個黑店！那蛋糕難道是現做空運進口？還是王室祖傳祕方？飲料裡面放金箔？開水是神仙加持過的？

其實我媽媽很想轉頭就走。她是個節儉的人，那時候坐公車一段是十二塊錢，以三百五十元換算可以搭乘公車二十九次，如果每天上下班用掉兩次，這筆錢可以支付她兩個星期的交通費。她也不是個愛占便宜的人，眼前這個形象魁梧的男人，除了知道他確實離了婚，目前往返美國與台灣之間做生意，他的父親是個退休的外交官員之外，其他細節仍然有待探索。事實上，不管他有錢沒錢，一客要價三百五十元的下午茶，本身就是不合理的交易，就算媽媽的數學不好也算得出來，至少她也不願意爲了虛榮而付出得不償失的代價。

倒是爸爸一派悠閒，站在櫃臺旁邊，問：「飲料加蛋糕都是任意搭配嗎？」服務員點點頭。爸爸更進一步確定：「蛋糕也是任選嗎？」服務員又點點頭。接著他仔細觀察冷藏庫裡的所有蛋糕，從左邊看過去，又從右邊看過來，最後叮囑服務員：「我要原味起士蛋糕，但是，請你拿左邊數來第三片。因爲你們把蛋糕切得大小不一，我要那片最大的。」

奇怪這個男人怎麼這麼直接？（媽媽事後表示，她也發覺到這間黑店連切蛋糕的水準都有問題，價錢都一樣，大小卻不同，那片原味起士蛋糕的確是當天冷藏庫中最大的一塊，足足有其他蛋糕的兩倍大）。但是我媽媽不好意思說出口，她覺得要跟商人討價還價是一件吃力不討好的事；商人之所以爲商人必定在錙銖必較這一方面有著顯著的天賦，中國古典詩詞中的數學大概只有鄭板橋詠雪詩「一片二片三四片，五片六片七八片、千片萬片無數片、飛入梅花總不見」這樣的程度；要不然，就要學杜甫「無邊落木蕭蕭下，不盡長江滾滾來」如此宏遠無限，天地遼闊難以量化，詩人所見皆爲不盡與無邊。

美感經驗中不包括測量一塊蛋糕的經濟學。

媽媽就這樣喜歡上了他，一個好可愛又直截了當的男人，從不掩飾他的好感，他的喜惡，他的選擇。

在媽媽心目中，爸爸是個具備十足勇氣的男人，從那個春末夏初的炎炎午後，他膽敢跟餐廳服務生在合理的範圍內要求一塊最大的蛋糕開始。

媽媽最不喜歡爭執，她面對所有的刁難都是沉默以對。辯解是一種需要腎上腺素幫忙才能有條理申訴的機智，她認爲自己的腦筋很原始，太初混沌，無法羅織這些進化的語言與別人在思想上戰鬥。簡而言之，她懶得囉唆。

但是我爸爸會去做，他彌補了我媽媽的這份缺口，辯解與戰鬥。

他常說自己是一匹好戰的狼，卻被我媽媽馴服了。這匹狼在他們認識第二週，相偕去陽明山賞夜景，行走在後山公園的花圃小徑上，天公不作美下起了小雨，媽媽打開隨身攜帶的小洋傘，撐在兩人的頭頂上。那自稱自己是狼的男人，卻離她站得好遠，始終保持五十公分以上的距離，即使淋濕了身體也不在乎，就是不敢靠她太近。月黑風高，深山不見人，但聞蟲聲啾啾蛙語纏綿；這是一個可以乘機摸摸心儀女子的小手或摟肩試探愛意的絕佳場合，那匹狼，卻孤單行走於泥石子山路的界限，甚至只是輕微地擦撞到我媽媽的手臂，都像觸電似的立即閃躲，寧願摔到草叢中也不敢太親近。

害羞的狼。

我在探索頻道中看到過有關狼的報導，狼是哺乳類中少數實行一夫一妻制的動物，公狼母狼配成對之後，終身不會改變，直到老死。井上靖在描述成吉思汗的小說《蒼狼》中，細膩刻畫了蒼狼後裔蒙古人的驍戰精神，當然蒙古人並非一夫一妻制，游牧民族總是要多子多孫才能確保部落的傳承。很多以狼爲主角的電影（喔！傑克倫敦的《海狼》不算狼），也成功詮釋狼的聰明與勇敢，而且牠毛茸茸的樣貌可愛，祖先又與忠實的警犬狼狗同宗，我眞不明白爲什麼後世有這麼多成語把狼比做品行最惡劣的動物，例如「狼心狗肺」、「狼狽爲奸」？

爸爸說他是一匹狼，但媽媽不是。

媽媽是羊。

羊除了不保證一夫一妻的誓言之外，牠的模樣柔弱可愛，是很多卡通圖案的繆思，全身內外通體更是充滿了貢獻的功能，像是羊毛織被、羊肉禦寒、羊乳清肺、羊角製章。羊的一生如果作爲一個偉大的比喻簡直可以說是動物界的釋迦牟尼，耶穌基督，充滿了犧牲的精神。

有一次我們在市區裡的小館子吃飯，這間店有非常平價又美味的小籠包，還有醃漬入味肉質豐嫩的炸排骨，以及上海小吃招牌菜飯與肥美的蔥燒鯽魚，另一項特色則是免費提供茶水與清湯，雖說是清湯，裡面卻有很多細條白蘿蔔與碎肋排肉，我爸爸很喜歡來這兒喝飽吃足免費續碗的湯，但我媽媽總是嫌棄這種免費的湯是味精水，顧名思義就是以味精增加濃郁鮮味的假高湯，我媽媽寧願讓我喝罐頭仙草蜜也從來不讓我喝這種湯。

那天我們剛剛坐定，天氣很熱，媽媽杯子裡的茶水已經一飲而盡，她拿起免洗塑膠杯站了起來，爸爸突然問她要做什麼？媽媽說她要去倒水。爸爸伸出手，說：「杯子給我。」我媽媽遲疑了一會兒，問：「你要幫我去倒茶嗎？」我爸爸回答：「要不然怎麼辦？」他面無表情的接過杯子，離開桌子，轉身到那桶大茶壺旁邊，彎下腰幫我媽媽倒茶。就在他巨大的身軀背對著我們專心倒茶的時候，我跟我媽媽說：「媽媽我跟妳說一件事，妳不要跟爸爸說喔！」我媽媽專心看著我，點點頭。我說：「愛情的關係就是這樣開始的。」

那一年，我還不到七歲。

在此之前，我在家裡最常感受到的氣氛是冷凜的畫面，無言的雙親。

那一天，當我爸爸願意幫我媽媽去倒一杯水，讓我感覺到這是全世界最大的恩惠。我以爲所有的寒流即將遠離，幸福快樂的日子終會來臨，因爲愛，我們一家人可以永遠在一起；因爲愛，我們不會嫌棄稀釋和稀泥的物質環境，因爲愛。這個字是從我很小很小的時候，我媽媽就持續用言教身教提醒我的生命樂章。

她生命中絕大部分的時間都會跟我述說愛，她從不吝嗇說出這三個字。她說愛像一本書，對於喜歡讀書的人而言，光是在書架上看到飽滿排列的書背就能感覺豐盈而幸福，若是你能更進一步翻開書頁，那麼人生就到了最高境界。所以她要常常說，時時說，把她小時候從來沒有聽過的字語，在這段全新的親情關係中建立。

縱然她從來沒有聽過她的父親或母親說過「愛」這個字，但是當她自己成爲母親，她從來不會捨不得將愛說出口。

三

所以媽媽絕對不是因為不愛我而離家出走。

在我與她相伴的歲月裡，她沒有一天不說這句話：安安，寶貝，我愛你……，臭腳丫。

就像她以前養貓的時候，也常常對著愛貓伊伊說臭屁股。那是因為伊伊習慣性地背對著她坐著躺著，特別是在她睡覺的時候，挨著她的頭顱，尾巴輕輕掃過她的鼻樑，悠閒又舒適的占有。

我幾乎是和伊伊一起長大的，在我六歲以前的照片裡，經常存在一隻貓。這隻貓聰敏靈妙，從來沒有用爪子抓過我，或對我嘶吼咆哮攻擊我的身軀留下不友善的齒痕，牠總是任憑我玩弄撫摸追逐，甚至對著牠叫「臭屁股」時也會應景地轉過頭對我喵一聲。我跟媽媽一起睡在床上時，伊伊會乖巧地蜷臥在媽媽的另外一邊，彷彿牠知道媽媽擔心嬰兒吸入過多的貓毛，所以從來不會撲到我的身上把我柔軟的嬰兒肥肉當作牠的溫床。

我們住在仁愛路四段的房子，是間坐南朝北的大廈，格局方正，冬暖夏涼。我三歲的時候，伊伊也不年輕了，貓齡十二歲，大約人類的六十四歲，比我外婆的年紀還要大。

那時候外婆常常來我家豪宅，進出隨意當作自己家。外婆對伊伊一直沒有好感，她始終不明白媽媽為什麼要花錢買飼料、貓砂、只為了一隻貌不驚人又經常沒有表情更從來不會像狗一樣傻笑的貓？外婆有一次偷偷跟我說，媽媽若是把養貓的錢省下來給她，她早就可以買一台電動玩具送給我了。

那天外婆帶了幾個姨婆來看我，聊著我剛出生時患病的種種。我常聽我媽媽說我小時候不好養，除了懷孕時我這顆零污染的受精卵滋養了我媽媽無限的精神勇氣之外，當我開始以獨立的肉身之軀呼吸於世間大地，便抵抗不住病毒橫流的眞實人生。我出生第六週，莫名其妙的得了敗血症。

那晚我睡在媽媽的胳肢窩下像平日一樣安詳，只是喝奶的頻率高了一點，原本是三個小時喝一次母奶，那天夜裡平均不到一個小時就會騷動我的小頭顱，嗯嗯呀呀喃喃自語。我媽以爲我肚子餓了，將她瘦弱的乳房湊來我的唇邊，一如往常，只要吸吮到母親乳房裡源源不絕的溫暖奶水，我立即沉穩睡去。那天也是如此，喝喝睡睡，從一點到凌晨五點。

我媽媽照顧孩子沒有天賦，但她是個具備纖細敏感度的女人。她知道有些事情不對勁，只是她當時沒有足夠的經驗智識當機立斷。直到天亮了，她與我皆一夜無眠，才猛然靈機一動，似乎該幫我量個體溫。

這一測量，驚天動地，我已經高燒攝氏40.6度。

她立刻抱著我，衝到隔壁的醫院掛急診，護士小姐發現新生兒的高燒狀態，立刻將我送進加護病房。那一瞬間，我與我母親完全隔離，我再也不能像過去四十二天日夜與她相守，我的世界被蒼白的日光燈與滴滴答答的心電圖音效圍繞，當我睜開眼睛，天空是一個透明壓克力保溫箱的弧狀屋頂，我的鼻孔旁邊黏了一根管子，徐徐送來清涼的氧氣，我的手臂上插滿針孔，每個小時會出現一個全身白衣但面容嚴肅的女人幫我調整點滴輸入的速度。

我每天只可以看到媽媽兩次，在她的懷抱裡聞到她熟悉的體香。後來我才知道，那是加護病房管制家屬會面的時間，一天之內只有兩次機會，分別是早上十點與下午五點。

起先媽媽還強忍著痛苦的情緒抱著我餵我喝母乳，透過我們體液的交換，我感受到她深沉壓抑的憂傷，微微顫抖的毛細孔，越來越稀薄的乳汁，一波接著一波傳遞著無法言喻的哀愁與恐懼，像是小瓦數漏電電流般的侵襲我的感官，我懷念我們兩人最親暱的接觸，但是我沒有體力與精神負荷這樣的感情，我只有七公斤，每天打針吃藥讓我變成一個生化人，全身循環抗生素，改變了味覺嗅覺與聽覺，或者我不願意承認我是因為聽到了母親啜泣的聲音，所以執意認爲藥物造成聽覺上的謬誤與暫時性癱瘓。但我的視覺是敏銳的，那個跟我長得一模一樣的女人，有著深邃深情的黑眼珠，專心看著我，彷彿一生只有這一次的凝視，若是輕易蹉跎了這次視線的交流，我們就會終身遺憾生命中唯一一次可以用眼神大聲說愛的機會。

住院醫生說我得了敗血症，也就是不知道什麼原因讓細菌跑進了血管裡，接下來要抽取脊髓液，才能化驗有沒有因爲敗血症而引起更嚴重的腦膜炎。一般新生兒得到敗血症之後的死亡率相當高，講話慢條斯理的醫生故意放低音量告訴我媽媽可能要有心理準備。對了，這個住院醫師最後才吞吞吐吐的說：「我們前一次抽取的脊髓液沒有培養成功，所以還要再抽一次，妳知道脊髓液怎麼抽嗎？就是在新生兒的脊椎骨裡打針進去抽取裡面的體液。」

我媽媽聽到這兒，再也忍不住壓抑多日的憂慮與擔心，在加護病房裡痛哭。

即使我已經從敗血症的陰影裡康復三年，每次提到這個話題，她還是忍不住回憶起當時手足無措的慘境，而將時空倒退三年，身歷其境般地重新回到失去愛的記憶。她恐懼的正是遺棄。只要一想到任何被愛遺棄或遺棄愛的可能性，她會哭。

那天跟我外婆與姨婆們說到這個話題，媽媽的眼淚又流了下來。我在旁邊看到了，用三歲小孩有限的字彙跟我媽媽說：「媽媽不哭！媽媽不哭。」在一旁的外婆見到我這個體型渺小的男孩隱然已有護衛母親的義行，也像是要別苗頭似的問：「那婆婆呢？」我當時的回應是（我到長大之後還是無法理解爲什麼我外婆經常出現似乎在與我母親爭寵的行徑）：「不要不要啦！」然後我一轉頭，看到無所謂的伊伊端坐在茶几上，睜著牠經典範例的無辜大眼睛冷漠觀望人間細語。於是我說：「伊伊哭就可以了。」

什麼事都推給貓咪伊伊，我們便無罪無愆。

比方說放屁這件事，偶爾我們靜坐在一起，看書或看電視，突然在空氣中魂魂數縷濃厚的異味擴散而出，沒有人承認自己放屁的時候，我們就把所有的責任都推給伊伊。品嘗屁味並不是一種美感經驗，香氛與臭味是人類依靠本能就足以分辨的享受……；抱歉，我說享受是因爲已經擬人化的伊伊從來沒有因爲放屁這件事落荒而逃或露出一絲絲嫌棄的表情；就連我媽媽，在我兩歲以前也必須研判我的屁味作爲檢驗身體健康的標準。等到我開始進食所謂人類的副食品，不再攝取單一母奶的營養來源，我開始有了體味，以及濃重的屁味。

我媽媽從來沒有因爲我任意放屁而瞧不起我，她總是鼓勵我多放屁，她說我們不要因爲屁有臭味而排斥它，屁只是人身體中多餘的氣體，能夠靠打嗝與放屁將多餘的氣體排放出來，還要感謝身體的機能正常。也因爲她這樣鼓勵我，我常常跟別人說：「我放的屁很奇妙喔！因爲我吃很多蔬菜，所以我放的屁是蔬菜的屁。」

除了出生六週時的敗血症、三個月疝氣進開刀房、六個月急性尿道炎住院還給腎臟注入顯影劑這些苦其心志、勞其筋骨、餓其體膚、空乏其身等天將降大任的折磨之外，我的童年大概有百分之九十一是快樂的。另外的百分之九，是因爲我爸爸。

小時候我不常見到爸爸，每一次我生重病住院時，我爸爸都是在國外接到媽媽的電話才得知訊息，他也從來沒有因爲我可能快要死掉而提早結束他的旅程。他總是平靜安穩地接受生命中任何意外的變化，讓我懷疑他的感覺神經攤開來應該有繞行地球兩百圈這麼長。他甚至告訴我媽媽：「如果孩子死了，這也是人生造化，我們必須學會承受。」

我媽媽說她這一生造化特別多，她不想再承受。她的願望是很簡單的過生活，很單純的與人相處，最後沒有牽掛的走完人生。

這是不是呼應了〈心經〉裡的那句經典：「心無罣礙，無罣礙故，無有恐怖。」

我媽媽從來不逃避她所擔憂的恐懼，那就是失去。失去意味著拋棄與被拋棄，從她的童年記憶開始，她即在拋棄與被拋棄的情感中輪迴。但是遇見了我爸爸之後，他說這一輩子要用假意換取眞愛的承諾，在拋棄與被拋棄之間，又形成了是非不明眞假難辨的陰陽交界。他最擅長用語言安慰我媽媽的寂寞心靈，輕易指揮他年長十二年的生命經驗，讓我媽媽在獨自探索的人生智識上逐漸向父親傾斜，認同他多行走五分之一甲子的歲月是可以投奔的聖境，而降服在父親的年輪光譜中，以爲成熟的男人才懂得愛。

愛讓人堅強，也讓人崩解。

我父親爲我母親建構了堅強的精神堡壘，卻在現實生活中因爲貧窮而瓦裂。我在高級大樓裡錦衣玉食的生活只過了四年，父親因爲金融風暴開始面臨事業危機，他的老闆總是用「共體時艱」勉勵我爸爸這位親信，連續兩年不發薪水，而我爸爸竟然相信共體時艱可以換來更長久的金剛飯碗，繼續撐在公司裡，直到山窮水盡，便開始了我們不斷搬家的窘境。兩年沒有任何的收入，還要應付父親貴爲董事總經理的虛榮場面，終於花光了所有的積蓄，沒有現金的生活，一切消費都以信用卡支付，循環利息像腸胃病患者感染的輪狀病毒，不停地拉肚子拚命往廁所跑但病毒也不會因爲腹瀉而自動消失，越放任它反而越來越陷入危機。

曾經，我母親爲了我的童年放棄自己的工作，她希望孩子能在充滿母親陪伴的環境下成長。她喜歡讓孩子每天一早起床就聽到母親溫柔的呼喚，吃到媽媽親手做的早餐，出門的時候有母親牽著他的小手，襪子穿破了也是母親第一個發現立即在燈下爲他密密織縫。孩子人生中的每一件新鮮事，最樂於分享傾聽的就是母親，他最細微的喜怒哀樂，母親只要一秒鐘就能夠分辨是鬧脾氣還是眞的不開心。若是有任何惡霸出現想要侵犯孩子純潔的身體，母親會從母雞變成老鷹以迅雷不及掩耳的速度，向惡人挑釁，伸張正義。

一生只有一次童年，失去了就是失去了，沒有任何超能力可以喚回。我媽媽已經失去她的童年，她不願意再失去我的。

而我父親，他則是非常的努力，非常的努力，想要去賺大錢。他說他是公務人員子弟，沒有任何家世傳承，他白手起家，一切要靠自己。為了愛，為了讓心愛的家人過更美好的生活，他把積蓄拿去投資再投資，為了換得利潤最高的回饋，想要一次獲得最大報酬的成功。他說他的爸爸從來沒有教導他社會險惡，也未曾激勵他成為優秀的商人，所以他更要在自己的孩子身上彌補，啓發，示範，他應該擁有的童年。

我的雙親很愛我，他們都在我身上重新找到了童年。我一個人的童年，抵三個人用，我眞應該感到無比的驕傲與幸福！

但是我媽媽為了我，放棄工作之後也斷滅了所有人脈，再也回不去事業的高峰；我父親為了我媽媽，一心一意想要做筆翻本的大生意，最後不但全部賠光光還落得一身債務。

這應該是他們始料未及的童年再體驗吧！

我們最後搬到市郊的半山腰定居下來，最苦的最難的最尷尬的狀況也都在後面幾年慢慢撐過去，我健康地長大，還考上了一所不錯的高中，我還算是個滿聽話的孩子，至少到現在都還遵守著只有週末可以玩電動玩具的規定。我很想跟我媽媽說：媽媽這麼多年來我努力讓妳開心，討妳歡喜，妳為什麼還是要選擇悄悄的離去？就連一個告別的吻都不願意施捨，一句暗示的話也不捨得說，妳放棄最擅長的語言遊戲，不聲不響的，用筆默默寫下八個中文字：「請給我三天的時間。」

三天已經快要過去兩天，我私心期望這是一個馬拉松式的捉迷藏，到最後，我還是會找到妳，妳也會準時出現。這是我們從小的約定，妳從來沒有敷衍過對我的允諾。

有次我們兩人一起去爬山，在晴朗的初夏午後，早熟的蟬已經殷殷嗡嗡的高唱起來，陽光穿透林梢點點投射在妳的衣領，照耀著纖細的雙臂，閃著鱗片般的光芒，妳動作敏捷彷若路上行走溜滑的魚。那時候我的身高只到妳的肩膀，但是我勇敢的走在妳前面，拿著一根撿來的樹枝，爲妳開路，爲妳嚮導，爲妳阻擋突如其來的危機。然後我跟妳說：「我已經是大人了。」妳笑著問我：「你如何證明你是大人？你會自己收玩具嗎？」我說我會，只是還沒有去做。妳又笑了，接著問我：「那麼你什麼時候會去做？」我回答：「黃昏的時候。」

四

黃昏的時候，那隻貓又來了。牠是我們搬到山上之後的第一個朋友。

那時候伊伊已經過世一年半，即使過了那麼久的時間，時間應該像海浪沖刷貝殼而磨出光澤或消滅傷痕，但是，媽媽還是沒辦法如她當年天眞所願接續養一隻貓老二；伊伊死了以後，把她對動物的感情也帶走了。就算在那個即將迎接舊曆新年的寒冷的冬夜裡，當這隻嬌小瘦弱有著美麗對稱花條紋的虎斑貓，來到我家狹小的後院畏縮顫抖時，我媽媽也只是冷酷地以爲牠是爲了乞食，而隨便將剩飯拌些肉湯放在盤子裡拿出去給牠吃。

第一天的施捨，讓這隻貓第二天傍晚再度不請自來。牠跟伊伊要東西吃的方式很相像，都是靜靜坐在飯碗旁邊用一雙清澈的大眼凝視著最有可能給牠吃東西的物體，不出聲、不抗議、不撒嬌，就是靜靜的坐著，像等待果陀一樣等待著，即使沒人具備佛心來的去餵牠吃東西也沒關係，牠依然採取寧靜而優雅的姿態，默默等候，彷彿〈上邪〉古詩所敘述「山無稜，江水為竭，冬雷震震夏雨雪，天地合，才敢與君絕」的氣魄。這當然是我媽媽後來跟我說的，她因為這隻貓的寧靜革命而抄了這首古詩給我看，那天她心血來潮，還教我磨墨將古詩句一字一字用毛筆字寫下來。

之後，這隻貓不只是黃昏的時候來，牠一大清早也來。我媽媽索性買了即食飼料，每天見著牠的時候旋即主動地餵食貓餅乾，牠儼然成為被飼養的流浪貓。這位無名氏，不知道牠打哪兒來，也不知道牠要往哪兒去，更不知道牠晚上住在哪裡，反正見著了就問牠一聲：「吃飽了沒？」接著就是將貓餅乾倒進碗裡招呼牠吃飯。有時候貓咪不一定只為了討吃的，牠可能在別人家吃飽了，但是一天沒有看到我媽媽，直到晚上發現昏黃的後院燈光亮了起來，原來是我媽媽在曬衣服，這隻流浪貓就會跑來在我媽媽腳邊繞兩圈，也不吃媽媽特意餵牠的貓飼料，到處觀望之後便坐在紗門旁，看她做家事，直到牠確定了某種安定的狀態之後，翩然離去。

我問媽媽為什麼不給牠取一個名字？媽媽說不用了，反正牠很快就會死掉。當時我才九歲吧，實在不解我媽媽為什麼要這樣回答我？貓咪又沒有惹她，何必如此輕而易舉地論斷貓咪的一生。

農曆年前夕，有一天媽媽洗碗洗著突然淚流滿面地從廚房走到客廳，哭著看著我跟爸爸。這個舉動把我們嚇了一跳，急忙問她怎麼回事？媽媽說：「貓咪快要死了，牠坐在廚房窗外的小石階上看著我，一直流口水。我餵牠吃貓餅乾牠也不吃，餵牠水也不喝，牠已經瘦成皮包骨……。」

爸爸說，要不然帶牠去看醫生好了。

媽媽搖搖頭，她說她沒辦法。她不願意再經歷一次伊伊最後的旅程。她哭完了繼續去洗碗，我打開後院的門，看不到無名氏流浪貓，因為牠是無名氏，我也不知道要呼喚怎樣的名字，只好「喵……喵……」叫個不停，但回應我的只是寒流來襲小年夜前夕無止境的山風與零碎的細雨，香蕉樹葉拂過水泥牆撲簌簌彷彿沉默的巨人，也無能為力。

我們住的地方離市區太遠，媽媽沒有同時照顧我又能照顧貓的本領，她要做家事，採買日用品，燒飯洗衣，陪我打羽毛球又要敦促我做功課。那天晚上我還看見她打開錢包在發呆，她怔在那兒，彷彿掉入了時間的黑洞，不知道在想什麼。我知道她的皮包裡只剩下三百塊錢，那是下午我幫她整理皮包裡的發票時，意外發現的，因為只有三張紅色的一百塊紙鈔，非常容易辨認，我一度覺得很不滿，我媽媽的皮包只有三百塊錢，如果我們現在臨時決定下山去看一場電影，我媽媽的錢只買得起一張電影票，到底是誰能夠進去看電影呢？

第二天，那隻貓再度病容滿面的來找我媽媽，我聽到媽媽跟牠說：「請你原諒我，我實在沒辦法帶你去看醫生，我沒有錢，也沒有時間，我更害怕面對連醫生都治不好你的困境。我會念一百零八遍大悲咒迴向給你，如果你病癒了，回來找我，我繼續餵你吃東西；如果你死了，也希望你好走，下輩子投胎到愛你的人家裡，不要再做無依無靠的流浪貓了。」

說也奇怪，那天之後，無名貓再也沒有出現在我家後院，從小年夜開始，一直到大年初四。

我媽媽一直以為貓咪死了。可我不這麼認為，我說牠只是躲起來養病，或者有人帶牠去住醫院了。我是一個樂觀的人，至少在我媽媽面前，我常常比她更有勇氣面對人生裡不如意的十之八九事。

我記得有一次我們規劃了去花蓮旅遊的行程，好不容易排出了三天的假期，結果天氣預報那幾天剛好遇到一波大陸雲系，恐怕不會是好天氣。我媽媽正在愁眉苦臉的當下，我跟她說：「媽媽，我們一共要去花蓮幾天？」媽媽回答我，三天！我說：「那就對了，有三天的時間，就算連續下了兩天的雨，第三天一定會放晴，因為老天爺不會一直下雨，壞天氣不會那麼久，好天氣一定會出現。」

然後她就笑了。

我不知道我的勇氣打哪兒來的，但是只要在我媽媽的面前，看到她為了生命中無法解釋的事情愁容滿面時，我都能夠想出一些快樂的理由，讓她相信活下去很容易，只要相信，是的，只要相信活下去很容易，這件事情就會變得很容易。

還記得我們住在市區裡有中庭花園的社區公寓時，有天媽媽送我上學，發現了兩隻羽毛未豐的幼鴿，我們都猜測牠們應該是從樓上某處的窩巢不慎墜落，因爲這兩隻乳鴿剛剛出生沒多久，羽毛稀疏，甚至連走路都蹣跚，更不可能飛回自己的窩巢。那時候是梅雨季節，地面上整天濕漉漉，到處積著水塘，細雨不停歇地紛紛落下，寒氣在瀰漫細微水珠兒的空氣中徘徊，讓冬天走得很不乾脆，春天不夠春。唯一的溫暖是兩隻成鴿，始終不離不棄，在蜷縮徬徨的小鴿子旁邊守護，不時靠近小鴿子餵食口中咀嚼的食物。我問媽媽，鴿子家族怎麼辦？我們能不能幫忙小鴿子回家？媽媽回答我：「我們也沒辦法，牠們要自己努力活下去。」

第二天早晨，媽媽送我上學的時候，在門口發現了一隻幼鴿的屍體。我媽媽假裝她沒有東張西望，但她扭轉頭部的姿態還是輕易讓人察覺她在到處尋找另一隻幼鴿的身影，中庭花園一如昨日細雨瀰漫，草地經過多日的雨水灌溉已經冒出新芽，一隻乳鴿死在磁磚鋪成的人行道上，牠的羽毛稀疏尚未成長齊全。我很容易猜到我媽媽的想法，她必定認爲另外一隻小鴿子已經是凶多吉少。但我不這麼想，我緊緊握著我媽媽的手，跟她說：「昨天有兩隻小鴿子，雖然一隻死了，但是另一隻已經張開翅膀，飛走了，因爲牠的爸爸媽媽來餵牠吃東西，牠吃飽了有力氣，所以飛走了。」說完，我舉著雙臂模仿鴿子飛翔的動作，彷彿我曾經親眼看見幼鴿展翅高飛的景象。

這就是我表達愛的方式。

大年初四那隻死而復活的貓，或者也用牠自己的方式愛著我媽媽。

好幾天不見的流浪貓，突然再度出現在我家後院，這次牠終於停止流口水，精神不再委靡，雖然身形明顯孱弱了許多，但至少牠活過來了，還可以吃一點點餅乾，喝一點點水。

媽媽說，這眞是一個奇蹟，這隻貓就叫做「奇奇」吧！

生活彷彿又恢復到了從前，奇奇天天來要東西吃，體力日漸恢復，直到某天我們在後院聽到了細微的小貓叫聲，才發現奇奇原來躲在洗衣機後面生了四隻小貓。小貓一天天長大，洗衣機底下的空間不再能滿足牠們玩耍的野心，一個接著一個，爬出了黑暗的坑洞，溜出來探索世界的底細。有時候奇奇坐在一旁觀望著孩子們遊戲，有時牠慵懶側臥讓小貓盡情吸吮牠的乳汁。小貓總是惹人憐愛的，即使牠們的眼睛旁邊還有幾塊沾黏的眼屎，即使牠們的絨毛還沒有完全長齊，讓人忍不住擔心寒流再度來襲牠們瘦小的身軀是否抵擋得住山間裡呼嘯的東北季風？即使牠們幾乎都在洗衣機周圍撒尿拉屎，但是因爲體積小，連牠們的排泄物都顯得這麼微不足道，可以被柔美的外表所掩飾。

媽媽只是單純地留給流浪貓一個空間，一個讓牠能夠安心吃住，願意把第二代託付的地方，她用憐憫的眼光看著奇奇的孩子，小心呵護的程度甚至連用手觸摸一次幼貓的勇氣都沒有（因爲古老的傳說，幼貓只要被人類摸過，母貓就會覺得被侵犯而寧願將孩子吃掉也不願意讓孩子存活遭受覬覦）。我們一起看著四隻小貓日漸成長，我還用相機拍攝了母貓餵乳的照片，小貓咪們從一邊跌倒一邊走路，到快步奔跑，絨毛脫落長成光亮油脂的新毛，甚至開始嘗試脫離母乳，自己啃食一些貓餅乾。這整個過程眞像是一部振奮人心的動物勵志電影，春暖花開時，大地春回，一元復始，萬象更新。從鬼門關前逃回的單親貓媽媽，獨自撫養著四個孩子健康成長，當牠們長大之後，將有一群棕白灰褐繽紛燦爛的貓咪像極飾演動畫中天眞可愛的角色，在我家四周追逐，玩樂，享受著自由的風，青翠的山，還有善良的一家人。

直到那天早上。

媽媽送我上學時，我們通常都會抄後院的捷徑去學校，雖然遮雨棚常常掩蓋了早晨的陽光讓後院狹小的曬衣間變得更爲黑暗，但是我們已經習慣這條近路，而能夠自然摸索出去。只是那一天，我跟媽媽剛走進後院就聞到一股臭味，這種臭味很難形容，也不像是貓大便狗大便，也不像是廚餘垃圾廢棄物，雖然有一點點腐敗的氣息，但是還在可以容忍的程度，只是這腐敗夾雜著一股說不出來的腥臭，有點像沒有護理好的傷口化膿，人類白血球抗戰失敗的體液也要累積一定的量才會夾雜費洛蒙散發出濃厚的體味，但是這臭味顯然比失敗的費洛蒙更加令人噁心，不悅。

然後我們赫然發現在陽光照不到的黑暗角落，腳踏墊上有一坨黑色的立體錐物，旁邊散落著些許陰黑碎片與一條細長的，可能是布料拖把上脫落的一根骯髒棉條，或者是昨夜春風打落的小樹枝。由於這坨物體矗立得很畸形，有點像便祕的狗大便（因爲體積太小），因此當時媽媽還質疑著：「怎麼會有野狗來這裡大便？」然後她打開燈，我們一同瞧見了，那個「黑色的立體錐物」，是一顆黑色老鼠的頭。眞的，一顆完整的老鼠頭，好端端立在腳踏墊上，脖子剛好接在地面，但是脖子之後已經全部被啃食乾淨，隱約在周圍還能瞧見牙齒咬囓的不規則痕跡；至於那條一度被當作棉條或小樹枝的長形物體，就是老鼠尾巴。散落的碎片，當然就是啃不動的碎骨頭與皮毛。這隻老鼠的身軀已經完全消失不見，只剩下一顆頭顱，連眼睛都來不及闔起，與鼠毛同樣黑色的眼珠還在亮晶晶地瞪視著這個世界，整顆頭顱端正矗立，彷若被恐怖分子破壞地基的埃及獅身人面像，殘存的頭顱猙獰面對猝然消失的呼吸，留下永世懸案。

那一刻，我媽媽驚聲尖叫。

那尖叫聲，可能讓方圓三百公尺的鄰居都以爲我家發生了命案。

她慌了，完全手足無措。奇奇也慌了，牠站在門旁邊全身拱起汗毛直豎。

我媽媽隨手拿起一瓶漂白水，刷地就往老鼠頭衝去，結果老鼠頭滾阿滾，竟然滾到了我媽媽的腳邊，奇奇興奮地喵喵叫，但是我媽媽已經驚嚇過度，完全無法理會周遭的人事物包括那四隻嗷嗷待哺的小貓咪。她這次狠心將水龍頭打開，用水管噴水的方式把老鼠頭沖到了水溝裡，繼續沖沖沖，似乎不沖到太平洋她不會善罷干休。就在她慌亂沖水的時候，剛好將奇奇與牠的四個孩子分成了兩邊，小貓咪聞到了刺鼻的次氯酸鈉氣味更加惶恐不安，紛紛從洗衣機的老家跑出來想要尋找媽媽，但是貓媽媽剛好被橫隔在女主人身軀的另一邊，中間還有一座強烈的水牆與濃烈揮灑的漂白消毒水。

奇奇拚命叫著，小貓拚命叫著，我媽媽也拚命叫著：「我不要養你們了，我不要養你們了！」

直到所有關於老鼠的記憶，似乎都被次氯酸鈉水洗去，滿地濕濘，四隻小貓淒涼地依靠在牆邊，牠們的母親仍然在目視的距離，但是漂白水的惡臭讓牠們無法接近，奇奇的叫聲越來越哀怨，但媽媽似乎充耳不聞。她洗得滿頭大汗，又氣又恨又疑惑，為什麼養了一年的貓會突然在家門口吃老鼠？就算要吃老鼠也不吃乾淨，還留下一個會站立的老鼠頭給她？就在她每天清晨必定經過送兒子上學的出入口。

逼近癲癇的媽媽，無力再瞧貓咪一眼，崩潰地走進屋裡。

據說她經過兩個小時的沉澱之後，立刻察覺到自己不安的良心，走出來關切奇奇一家人的情況，只是小貓跟母貓都不見了，地上的漂白水痕跡已經漸漸乾涸，但是昔日大小貓親暱同樂的情況已不復見，冷冷清清的後院，沒有喵喵叫，沒有奇奇殷切的深邃眼光，沒有小貓天真的遊戲姿態，也沒有貓家族團圓的溫馨畫面，只有停屍間專用的漂白水味，一陣陣無言的襲來。

奇奇把牠最英勇的戰利品呈獻給我母親，是牠愛的方式。

我長大以後，常常覺得這個世界上最可悲的就是你愛一個人卻用錯了方式；更可憐的人是明知道愛錯了方式，卻還要繼續愛與被愛。

就在此刻，我媽媽消失將近四十八小時之後，我很想問我媽媽：「妳愛我愛妳的方式嗎？」

前一個曆年的最後一天，在我要出門去跨年之前，媽媽還在後院的門口與我道別。她墊起腳來輕輕吻我的額頭，說：「寶貝，媽媽的心永遠都跟你在一起。」

然後她在我的口袋裡放了一個保險套，說：「你可以選擇你的人生，但是我不想那麼快作奶奶。」

我跟她說我不是她所想像的那種青少年，她笑著點點頭說：「我知道。」

媽媽，我們的心始終都在一起，難道妳是因為如此信任而必須選擇離去來考驗這顆心的眞實？

五

所以我不想再接受任何的考驗。

我的手機裡有三十二通未接來電，四十一則簡訊。

平常我會很開心的跟我的哥兒們互通訊息，但是此刻我非常頹廢，意興闌珊，做什麼事情都沒有勁兒，連平常最喜歡的電玩也懶得碰，只是伸出一根手指頭將電腦開機的欲望都冷卻，我好像遲緩的長毛象。

我是一個剛剛考上高中的正常男孩，正準備邁入長鬍子的後青春期。我應該充滿陽光與歡笑，並試著開始交女朋友。但是我從國中的時候就聽哥兒們說，現在的女孩子都喜歡要求男孩子花錢取悅心情，過生日要禮物，情人節要禮物，農曆七夕要禮物，聖誕節要禮物，感恩節要禮物，迎接新年更要一個大禮物，兒童節裝可愛也要禮物，母親節說女性很偉大也要禮物，中秋節為了吳剛與嫦娥也要禮物，我到現在還沒聽說敢要禮物的節日是清明掃墓。我常常想，哪一個女生這麼有創意會想出一個清明掃墓也能合理要求禮物的理由，我一定第一個把我最傾羨的拜把大哥讓給她，鼓勵我的鐵哥兒們去追求這麼有勇氣什麼都敢要的女孩。至於我，當然配不上這樣機關靈巧的女生，我是個憨人，跟我媽媽一樣。

我媽媽結婚的時候，沒有結婚戒指。眞的，連一個K金的戒指都沒有。

我在電影裡看到男生女生結婚的時候要交換亮晶晶的戒指，於是心血來潮問我媽媽，她的結婚戒指在哪兒？能不能借我看一看？我媽媽低頭不語，突然跑去切水果。我以爲我媽媽沒有聽到我的聲音，提高分貝又問了我媽媽一次：「我能不能看看妳的結婚戒指？」

沒有。

什麼？

沒有。

沒有？

是，沒有。

戒指跟名字一樣，都是一種符號。她說。

所以不重要？

是的，不重要。

在我國中畢業前夕，媽媽突然跟我說了一個故事。她說從前從前有一個女孩，從小沒有媽媽，由一個外省老父親將她養大。老父親陪著她，經歷了許多人生重要的關卡，比方說高中與大學聯考，演講比賽、辯論比賽、書法比賽、畫畫比賽、游泳比賽。但是請注意聽，老父親能陪寶貝女兒的事情都是比賽，對於比較私密的情感教育，都是零。於是女孩只好自己去探索，嘗試，結果她發現，同年齡的男孩子思想幼稚行為自我，一點都無法引起她的興趣，她很明顯的喜歡年長的男人。她彷彿在尋找父親的分身，企圖彌補那些在父親身上失落的詩情記憶。

父親愛她，無庸置疑。他每天下班回家為她燒飯，星期天一大早洗完衣服之後，開始燉牛肉麵，偶爾還會做他的招牌點心炸饅頭，把山東大饅頭切成片狀，放入熱油裡炸成金黃色，起鍋時趁熱撒上些許鹽巴，吃起來酥酥脆脆咔滋咔滋眞是開胃。女孩兒從小到大沒有洗過碗，沒有炒過菜，老父親把她的生活照顧得非常周到，甚至連第一片衛生棉都是老父親去藥房幫她買回來的。

但是，老父親不會教她如何談戀愛。

他總是說，三十歲越過大江大海來到台灣，一心一意只想跟隨國民黨反攻大陸，老家還有千畝良田，豪門宅院，奴僕長工，享用不盡的金銀財寶，以及他最愛的大爺與大奶，當然，還有一個妻子。那妻子命苦，兒子生下來剛滿周歲就夭折，時局太亂，顧不得兒女私情，當家的要老父親先去後方避一避，無論如何要給家族留一條長子的血脈。老父親背著一袋黃金頓時成了流亡學生，躲避戰亂還不到一個月，做慣少爺的老父親天天請客吃飯，濟弱扶傾，一袋黃金轉眼全沒了。從小到大給人伺候慣了的老父親也不以為意，反正天下事合久必分分久必合，哪有戰爭不結束的？等到不久之後戰爭結束，他依然可以回到老家繼續做少爺。

天下事確實合久必分分久必合，重點是分多久？合多久？這一出門去避個風頭，一分就是五十年。

少爺脾氣的老父親，在台灣磨了十八年，從三十歲到四十八歲，終於認命了。這輩子，恐怕是再也回不去了！既然回不去，他也就興起落地生根的念頭，醫院裡有個護士小姐對他很有好感，還請他到基隆山腳下的老家吃飯，見過家族三代，但老父親就是沒動凡心。直到有天到花蓮的原住民部落出差，無意間瞧見了頭目剛滿十八歲的二女兒，秀麗窈窕，青澀嬌羞，那雪白的肌膚像是整天就給山中雲霧薰著，讓絲竹露水漂著，小巧的瓜子臉上是一雙大眼睛，挺直的鼻樑與一對似笑非笑的瀲灩紅唇。瞧見陌生人向她問好，只會低頭垂眉暈粉雙靨，傻笑著躲在她父親的背後，悄然露出她纖細蔥白的手指頭緊緊扣住大頭目的肩頭。

老父親月初認識她，月中就來提親，月底立刻娶回家。那時候完全沒考慮到小公主與他年紀相差三十歲，而且心裡已經有了別人，勉強跟他一起生活兩年，最終還是跑掉了。

年輕的妻子離家十年，老父親再也沒有春天。他一個人，照顧著兩歲大的女孩，直到她十二歲。他從來沒有跟閨女兒說他還愛著他的妻子，他用行動默默等候妻子的驀然回首。女孩在不解人情世故時曾經問過她父親：「你怎麼知道你已經愛上媽媽？」

「我看到她的第一眼時就知道了。」老父親回答。

女孩長大以後遇到的那個成熟男人，也對她說過一模一樣的話。

女孩與熟男是一九九三年認識的，他們天天對話，溝通，女孩兒覺得好幸福，這一輩子，從來沒有一個男人這麼溫柔地傾聽她說故事，她的夢。那些同年齡的男生只想趁著團康遊戲的時候摸她的手，或是在黑漆漆的電影院裡看電影時偷偷吻她。但是熟男不一樣，熟男很有禮貌，熟男很溫柔，再加上熟男也很會說話，他們可以從鴉片戰爭聊到馬來西亞的精武門傳人，也可以從女性導演珍康萍的電影《鋼琴師與她的情人》扯到夏威夷世界連鎖餐飲碳烤豬肋排。熟男聽到她在幫出版社匿名寫文藝愛情小說，心疼地說，不要再做這種代工的事了，要寫出歷史可以留名的佳作，甚至還因此特別去書店買了英文版《西方正典》送給她作爲圓夢指南。

一九九五年，有個現在已經被世人遺忘姓名的作家出了一本轟動海內外的巨著《一九九五閏八月》，內容危言聳聽地形容，閏八月是一個什麼樣地球磁場的變化會導致國共再度內戰而兩岸和平瀕臨瓦解亞洲局勢危在旦夕。再加上那個時候島內政客因勢利導勇往直前大聲疾呼「兩國論」，接著就是目標對準福爾摩沙的東風導彈，沒事就飛個兩顆越過海峽中線朝富貴角海域掀起波濤。

熟男畢竟活得比較久，他感覺到歷史似乎正在重複上演同樣的戲碼，一九四九殷鑑不遠，如果他來不及留住心愛的女孩兒，下一次的生離死別恐怕不一定只有五十年。

於是熟男跟女孩求婚了。

他的理由是：「我有美國護照，妳嫁給我，就具備美國公民的身分，到時候台海危機一觸即發時，美國一定會派專機撤僑，我可以帶妳一起走。」

我不走，我要留下來陪我爸爸。女孩的第一個反應如此堅決。

我知道，妳愛妳爸爸。所以我有個方案妳可以考慮一下，我們只是先去登記結婚，不對外公開。妳只要有這張結婚證書，即使沒有美國護照，到時候也是可以跟我一起上飛機。至於妳爸爸，等到我們安頓好了，可以用直系親屬的名義，想辦法把他接出去。

我要留下來，為我的祖國而戰。

妳的祖國是什麼？妳爸爸這輩子在台灣居住的時間都比他住在祖國的時間還要長，到底哪兒才是眞正的祖國？妳不要被這種意識型態綁架了。對我而言，我心愛的人在哪裡，那裡就是我的祖國。

那麼你也可以不要走，跟我一起留下來。

我是可以留下來，但是妳如果先跟我辦好結婚登記，到了最危急存亡的時刻，我們至少可以有兩種選擇，妳有了證書，可以選擇上飛機，或不上飛機；沒有證書，連上飛機的絲毫可能性都沒有了。況且，我們這麼相愛，妳忍心讓一九四九年的悲劇再度發生？那時候妳爸爸跟他的前妻，不就因為戰亂來得太突然，倉促之中分手，一分開就是五十年。妳如果眞愛我，至少，給我一個保護妳的機會。我知道妳還年輕，結婚的事我不會跟任何人講，等到台海危機一解除，妳隨時可以跟我辦離婚手續。這只是一個護身符，對我們兩個人的生活都沒有任何改變，妳還是繼續住妳家，我住我家，我們的生活作息完全跟過去一樣，妳只是多了一個選擇的機會。我眞的很不忍心，也不捨，在最關鍵的一刹那，永遠失去了妳……。

於是，女孩答應了。

沒有結婚戒指，沒有親友列席，沒有白紗禮服，連一束可以抛向天空預言下一位新娘的捧花都沒有。因爲「一九九五閏八月」，女孩兒就這樣靜悄悄的許配給人家了。

我聽故事聽到這裡，忍不住笑了起來。

「媽媽，這個女孩兒就是妳吧？爲什麼要拐彎抹角的說故事呢？」

因爲，我現在覺得那是一件傻事。

哪一件是傻事？老爺子等待他逃家的嫩妻回頭是岸？還是一九九五閏八月的亡命鴛鴦？

母親低頭沉思了幾秒鐘。我看著她低垂的眼皮與弧度美好的鼻樑，已經十五年了，她還是這麼漂亮，就連對我坦承自己的傻，都還是讓我覺得美到不行，而輕易將她的傻無限上綱成爲純眞無邪的代名詞。

「作爲你的母親，我誠懇的希望在你結婚的時候，能讓我牽著你的手，將你託付給另一個終身伴侶。我不希望你跟我一樣，選擇一個沒有任何儀式，也沒有任何祝福的婚禮。年輕的時候覺得形式都是包袱，年紀大了才發現有些事情可以用瀟灑作爲尙方寶劍，有些事情Lag就是Lag了。你懂嗎？Lag。」

我媽媽突如其來的英文讓我恍神了一下。Lag，落後，通常指電腦連線時的輕微斷訊狀態，就是有點「卡到」的意思。

生命中被卡住的那一段，卡掉了就是卡掉了，再也無法重來。已經不可靠的記憶裡還鑲嵌了消失的停格，就像虛無找到了存在主義，各憑本事活下去。

我知道媽媽是有點遺憾的，縱然她常常用滄海一粟告誡我，勿執迷於物相。她不在乎任何形式、符號，與信物，她沒有結婚戒指。更慘的是，我偶然間還聽到爸爸跟他的朋友聊天時透露，他在前一次的婚姻中特別挑選卡地亞的三環K金造型戒指作爲海誓山盟的結婚信物，結果還是離婚了。因爲聽不懂卡地亞是什麼玩意兒，回家以後我努力上網尋求各種中英文拼法，終於發現這是一個法國的精品名牌，因爲一九〇四年被英國國王愛德華七世委任爲英國皇家珠寶供應商，從此與上流社會的幸福幻想劃上了等號。

我媽媽不但沒有卡地亞，後來我還發現她所有的名牌包包都是假貨。

而且都是我爸爸送的。

年輕的她非常崇拜我父親，因爲他年長十二歲的關係，因爲他總是意念先行。在美國華爾街的期貨工作訓練，讓他將每件事情的發生都看做是蝴蝶效應，牽一髮動全局。他說起國際時事像是現代版的歷史課本，那時候還沒有伊拉克、利比亞戰爭，地球人預估最容易發生第三次世界大戰的地點是歐洲火藥庫巴爾幹半島；我媽媽的世界只有中西文學史，巴爾幹半島只會讓她想起吸血鬼天王德古拉公爵的故鄉羅馬尼亞，第二個聯想是十九世紀寫出《自殺論》的法國社會學者涂爾幹，大概是因爲兩個主詞的結尾都有一個「幹」字，這樣犀利的字眼讓她忽略掉第一個英文字是天差地遠的不同。

因爲用眞心愛著一個人，願意將自己所擁有世界上最美好的東西完全獻給對方，毫無忌憚的接受對方所有的語言，相信他跟她一樣眞，相信他所做的事都是爲了理想，自然也相信這個名牌包代表著最眞實與誠摯的情感，發自於對方內心的一種許願，是一個男人單純地以爲努力工作辛苦存錢，讓心愛的人得到她最值得的禮物，也就得到快樂與滿足。

於是，她開開心心地揹著我爸爸送的第一個名牌包去上班，辦公室同事瞧見了，興奮地問她：「我有一個一模一樣的包，妳的序號是幾號？」整個皮包裡裡外外翻來翻去，就是找不到序號，而且我媽媽這個名牌包包的內裡布料，和對方在歐洲名店現場購買有保證書的眞貨完全不一樣，頓時讓我媽媽涼了心腸，恓恓惶惶怔忪尷尬不得不承認自己，原來是個假貨。

仿冒的愛情，僞裝的精品。

爸爸後來坦承，這個皮包是在深圳買的。但是他特別強調，這是專門幫世界知名品牌代工的工廠拿出來的A貨，是工廠多做的，準備私下販賣圖利，通常要有一點管道與特殊關係，才能買得到。父親說：「相信我，這個品質跟眞品完全一樣，我有一些朋友，包括上市公司老闆，會計師事務所合夥人，也都到工廠買這些A貨，穿戴出去從來沒有人發現。他們說，不但價錢是十分之一，而且比眞貨的質感更好，更舒服。」

我媽媽沒有任何意見，她總是相信父親的道理。

等到很久很久以後，我漸漸長大，我媽媽有時候會告訴我，名字是一種符號，品牌也是一種符號。你可以相信符號的存在，但不要迷信它的功能。

所以妳用不用這些仿冒品？

合適的就用，不合適的就送人。

合適的有幾個？

一個。

弱水三千，只取一瓢飲……。

我媽媽從來不是個貪心的人，她再也沒有想買名牌包，正如同世界這麼大，她也只要一個眞心愛她的人。

眞心愛她的人，卻總是用錯了方式。

那麼我愛妳的方式呢？

媽媽沒有複製品，更不可能仿冒，我從生命之初就認識妳，在妳的肉身裡孕育，我是妳的小肉肉，我就是另一個妳。過去十五年來我們兩人一體，分享生命中所有的歡喜，除了妳始終揮之不去的隱藏在眼眸深處的憂鬱。有一陣子妳說妳的心裡有個黑黑的房間，偶爾會把自己關進去；我問妳關進去多久才能出來？妳說一下下。一下下是多久？妳說三十分鐘。

我已經等待妳八十四個三十分鐘，我願意繼續等下去，即使妳以三天的時間符號欺騙了我也沒關係，那些都不重要，最重要的是妳，就是一個妳，沒有任何人可以取代的妳，因爲我相信，打從我在妳的子宮中交換妳的體液，胚胎裡的心臟開始跳動起，妳溫柔的聲音穿越重重羊水呼喚著我的小名，蘊藏著濃濃的愛意，那是最原始純粹的愛的方式，心與心相連的眞情，肉身包裹肉身，生命的初萌與綿延，靈魂交織纏綿，我心甘情願終身等待妳，從不遲疑。

這是我愛妳的方式。

六

一月二日接近終點，時鐘正在倒數計時，我靜靜地等待著門口的腳步聲，那輕盈跳動的，屬於我媽媽特有的節奏，光是依賴聽覺就能夠感覺到那個嬌巧的身軀，蓮步輕移。

許多個夜晚我在家中等著她，當腳步聲越來越近，她從皮包裡掏出鑰匙，叮叮咚咚開了門。只要見著了我，即使臉上已經堆滿了倦容，疲累的雙眼泛紅著血絲，她還是會給我一個擁抱，輕輕呼喚著我的名字，親吻我的臉頰。她從不吝嗇於付出愛，無論是語言或肢體。而我的父親，卻總是習慣連名帶姓使喚我，彷彿我們只是朋友。

母親和父親一開始也是朋友，中間繞了一大圈，到最後還是朋友。

小時候我以爲家裡有爸爸媽媽就必定是個幸福美滿的家庭，不是嗎？所有的童謠都是這樣唱的：我的家庭眞可愛，整潔美滿又安康，姊妹兄弟多和氣，父母又慈祥。難道有人聽過：我的家庭眞簡單，整潔美滿又安康，阿貓阿狗多和氣，媽媽很健康？

我知道我媽媽有很長的一段時間，常常把自己關進心裡那黑黑的房間。她偶爾會跟我說起，她最大的願望是成爲一個小說家，可人生常常是怎樣被形容的？莫非定律。越想達到的成就越是達不到，簡單的事情最難。

所以未來的小說家懷孕生子之後，每天在家裡洗衣燒飯買菜拖地。

我父親想走就走，像今天晚上一樣。

他知道我母親已經失蹤兩個整天了嗎？昨天我還看到他在房間裡睡覺，怎麼突然間又無聲無息地消失了？只留下餐桌上一個空的紅酒瓶，與底部淺漬著酒紅色痕跡的玻璃高腳杯。

我跟我父親也很久沒說話了，自從他一年多前狠狠打了我一頓，罵我沒出息之後，我很可能在潛意識裡關起了和他對話的渠道，與他漸漸冷淡。

我沒出息的理由，只是因為我的一個英文字發音不漂亮，當然，還加上一點點考試成績退步，網球課蹺課，以及花了所有的零用錢買了一隻黃金鼠。

只有我媽媽知道，我想養黃金鼠很久了，那天晚上，她原本還開開心心地對著黃金鼠講話，逗這隻小老鼠玩，同時問我想取什麼樣的名字？叫做揪咪好不好？我嫌這個名字太搞笑，正準備回答她我要取名叫做Wakada，就是日語「我懂了」的意思。結果，我父親突然出現在我們中間，問我上次月考英文為什麼考這麼差？然後開始數落我的前世今生，從小時候花大錢送我去念雙語幼稚園開始，到小學時期他如何在家指導我功課，以及念國中之後所花費的大筆補習費用，他是如何用心栽培我出人頭地，而我卻用這樣的爛成績回報他？越說越像是上了癮，連前因不著後果的各種事件都拿出來訓誡，彷彿我這一輩子除了幹盡壞事之外其他一無可取。

然後他打了我一巴掌，狠狠的一巴掌。

我的眼淚立即奪眶而出，我已經長得跟他一樣高大，他還用這種對待孩童的方式管教我，讓我的自尊強烈受損；可是另一方面，他是我爸爸，讓我崇拜景仰的父親，他用暴力彰顯他的威權，殘酷地斲傷我對他唯一的敬愛。為什麼是這種方式？我不懂！羞辱與哀傷膨脹在我的腦海，我當下的第一個反應就是推回去，用我年輕而結實的雙臂，朝這個攻擊我的人出手，將他推了出去。許久沒有運動的我父親，挺著肥厚的肚腩，踉蹌地倒退了幾步，搖晃顫顫的四肢無法支持他的重心，最終跌坐在地上。我看到父親跌倒的畫面，霎時感到滿腔的慚愧與羞恥，我確實如他所說，是個不肖子，我本能想要走向前去，伸手扶他起來，突然間，也許是因爲接觸到地球表面，父親在瞬間重新恢復了平衡感，他雙手著地之後利用反作用力，撐起他的肥大身軀，重新站了起來，他的反射動作就是朝我衝過來，揮起他巨大雙臂，作勢要來掐我的脖子。

那一瞬間，我確實慌了。我不是故意要推倒他，我只是自然地反擊這不公平的待遇。可是他現在火眼金睛，怒目相視，彷彿與我血海深仇，不把我打死就誓不爲人似的朝我衝了過來，我到底該怎麼辦？我該像小時候那樣乖乖地讓他打我的頭？捏我的屁股？踢我的小腿肚嗎？

是我媽媽閃了進來，及時卡在我與父親中間。

身材嬌小的母親，抬起她的頭顱，挺著脊椎，橫亙在我與父親之間，冷冷的說：「你有本事就打我，不要拿孩子出氣。」

我爸爸那揮在半空中的手，始終沒有落下來。

這畫面就像我母親之前說過的Lag，整個停格了。

我心裡盤算著，如果我父親眞的動手打我媽媽，我就算一生背負著弒父殺人的罪名，我也會拚死保護我的母親。而母親呢？她從來不怕死，也從不害怕肉體上的傷痛，我猜她希望我父親這一拳能夠揮出來，如此好讓她眞正死了心，那顆在許多年前，當她明白所有愛戀的語言都是羅織編造的假象時，她就應該放棄的眞心。

而我父親畢竟年長十二歲，該算計的機關該耍心眼的謀略他比誰都清楚，這一拳揮下去不是爭一口氣，是賭上他這輩子唯一的幸福。

停格的畫面。如果能夠像拍電影一樣，將場景倒轉，回到許多許多年以前，因爲兩張飛行哩程所累積的免費機票，讓我們全家有機會一起到美國去旅行。

我媽媽常說我是命中帶貴的人，除了我是在她事業最輝煌的時候所孕育的胎兒，我一出生時有傭人伺候，所有的衣服玩具嬰兒車都是接受朋友們剛剛好用完的，甚至連第一次搭乘越洋航線前往美國都能因緣際會地坐上豪華商務艙。

爸爸媽媽的機位是用免費哩程換來的，我則是買兒童票，再用媽媽的哩程升等。能夠乘坐商務艙出國當然很風光，只是我年紀太小，不懂得這個道理。那時候我七歲吧，很開心終於有機會回到我的祖國，我父親一直說我擁有美國護照，理論上我應該是美國人，只是我七歲以前從來沒有接觸過北太平洋那塊土地，也沒有見過自己的「國人」到底長得什麼樣？我只知道，這一趟去美國，我可以見著我的堂哥，也就是我爸爸的小弟的兒子，他比我大四歲，對於一個像我這樣的獨生子而言，有個血濃於水的堂哥即使遠在天邊也是一種聊慰寄託的兄弟親情，而讓我不斷幻想著擁有哥哥的幸福。

只是沒想到，我在登機前五個小時突然開始發燒。媽媽從小照顧體弱多病的我，已經練就了三折股肱而成良醫的本領，隨身攜帶了各式各樣的藥包，但是這一次，是遠離海平面三萬呎高空連續飛行十二個鐘頭的長程旅行，我媽媽一度擔心我到底能不能上飛機？是我拍著胸脯跟我媽媽保證，我可以坐飛機，因爲我太想念我的堂哥了，我太想去看一眼我的祖國了。

結果我從貴賓室就開始吐。

在飛機上也吐了三次。

商務艙確實很舒適，不但座位面積寬廣而且還可以倒下一百七十度接近平躺的姿勢，如果我有一個雙胞胎弟弟也可以和我同時坐進一張椅子裡玩遊戲綽綽有餘。一上飛機之後，美麗的空姐開始提供香檳飲料，我興奮地點了一杯蘋果汁，結果在起飛之後十分鐘開始吐。因爲我喜歡吃牛排，媽媽特別事先摒除了兒童餐，爲我預訂了紅酒燴牛排，沒想到起飛後我頭昏腦脹，不但牛排一口也吃不下去，就連十個小時後提供的清粥小菜也讓我反胃不已。這奢侈的商務艙之旅，躺臥一百七十度的豪華座椅依舊無法撫慰我翻滾的咽喉與腸胃，從頭到尾我都睡在地板上，只有這裡才能眞正的平躺，讓我的食道不至於受到壓迫而輕易將胃酸擠壓至口腔。

我媽媽每一個小時幫我量一次體溫，掌握我發燒的狀況。坐在商務艙中的她比空姐還要辛苦，因爲她要照顧一個連膽汁都吐出來了也不會叫苦的病人，她只能靠耳溫槍的溫度與她母子連心的感覺來瞭解躺在地上的小人兒會不會隨時停止呼吸？

這些事好像與我爸爸一點關係也沒有，他不但喝了一瓶香檳外加兩杯紅酒，還把我的紅酒燴牛排吃掉了，之後呼呼大睡一覺，八個小時後起床吃培根蛋捲早餐，一度責怪我的浪費，只因爲這麼精緻的商務艙早餐我一口也不吃，只會吐。

我父親平常會開一些冷酷的玩笑，但是那一次我眞的笑不出來，我想我媽媽可能也假裝沒有聽見，對於生命中當下事物的優先順序，我母親與父親經常有著迥異的判斷；例如這趟價值二十萬的商務艙旅程，我母親最關心的是我的身體健康，而我父親在意的則是不要浪費機上的高級餐點。

最終，我想也許是我的意志力戰勝了病毒，在抵達美國本土之後，我終於恢復了體力，開始神采奕奕，因爲我太興奮即將要見到我的堂哥，還有我可愛的叔叔、嬸嬸、堂姊一家人，我期待未來五天能夠天天住在叔叔家裡，這樣我可以和堂哥分享他所有的玩具，特別是他在美國買的玩具，光是想到這裡就讓我驚喜不已，而迫不及待地想要飛奔至堂哥與叔叔的家。

抵達舊金山的時間是下午五點多，遲到的叔叔讓我們在機場等了一個小時，商務艙優先禮遇出關的尊榮開始消沒，我們站在出境大廳看著同一架飛機裡的經濟艙旅客一個一個遠離，而我們還拖著一大堆行李在出境室外的花圃旁，等待叔叔的接車。歷經機場外漫長的等待，在五月裡北加州和煦的輕風吹拂下，我的燒退了，我呼吸到美國的空氣，和我出生的地方並沒有什麼不同，只是來來往往的人多了許多白種人的面孔，說著我不熟悉的語言，他們就像所有移動在公共交通空間裡的人一樣，寒暄、行走、說笑、凝望，來來往往，川流不息。

叔叔的七人座休旅車終於開到了機場，夕陽餘暉逐漸蔓延在弧狀的天際，城市裡氤氳的薄霧籠罩在一幢幢摩天大樓的底部，我們的車子逐漸駛離了繁華市區，進入城郊的邊陲，進入一個遍布小巧獨棟木造建築的社區，像火柴盒一樣間隔著，規矩而寧靜。叔叔家的客廳很小，只有一個三人座沙發，踩在地板上會有空空的木頭迴音，他說沒有多餘的房間讓給我們睡，只好請我們暫時在書房裡打地鋪，因爲在書房裡還是會影響到他的正常作息，因此他希望我們明天最好還是去外面住旅館。

這就是美國夢嗎？

我以爲我可以來這兒享受我與堂哥、叔叔的天倫之樂，可是我們卻是睡在硬梆梆的地板上，而且明天開始要去街上花錢找旅館居住。

我媽媽說過她的蜜月旅行，一九九九年的秋天，她爲了休長假，計畫了一場沒有宴席的婚禮，將一九九五年的祕密婚約公開在檯面上，合法地請了九天的婚假，期待與我父親到美國探望他的家人，除此之外，她還有一個朝聖的願望，就是到紐約這個大蘋果去體驗藝術家的天堂，探索蘇活區創意，百老匯歌舞，外百老匯的實驗劇場，當然還有大都會博物館的經典館藏。

紐約！紐約！她在心中吶喊，世界之都。她在台灣即開始規劃著住進中央公園旁的Plaza廣場大飯店。這棟將近百年歷史的城市地標，是美國唯一被指定爲國家級標誌性建築的酒店，有著巴洛克的古典風格，文藝復興時期的優雅裝潢，還提供豪華早餐，每天只要一開窗，萬坪綠地與上東城豪宅景觀一覽無遺，一生一次的蜜月，一生一次的奢華。

所有關於蜜月的浪漫想像，卻因爲父親嫌一晚四百美金的住宿太昂貴，而一步一步粉碎。他說：「別擔心，到了舊金山，我弟弟有很多優待券，我們可以用更優惠的價格住進廣場飯店。」

從來沒有在美國生活過的母親，自然又相信了父親的允諾。結果，到了加州，叔叔說，他住在舊金山，怎麼可能有美國東岸大飯店的優待券？況且，像是廣場這種五星級飯店，是不太可能會在雜誌或報紙上做廉價促銷的。

我看著書房的地板，十年前我媽媽與我爸爸就睡在這裡，度過她的蜜月假期，更豐富的行程卻是，從美國西岸飛到東岸的紐約之後，兩人拖著行李到處找旅店，最後花了同樣四百美金的價格，只住進了三星級連早餐也吃不著的小巷裡的普通旅館，而且離開加州時已經花光了身上所有的現金，要不是舊金山慈祥慷慨的五姨爹私底下給了六百美金的紅包，我媽媽可能已經在曼哈坦的街頭上當遊民，睡在自己的旅行箱裡頭。

父親顯然也明白自己的失誤，他說他以後會補償她。

以後？一九〇七年興建的廣場飯店，還來不及慶祝百年，在二〇〇五年因爲產權轉移而一度停止營業。重新裝潢之後的廣場飯店，失去了古蹟的韻味，房價也跟著三級跳，隨著父親的失業，他所謂的補償更像是銀河系一樣遙遠了。

我媽媽在一九九九年就發現，那個口口聲聲從美國載譽歸國的先生其實並沒有那麼美國，他在美國的親人只有一個弟弟，另外就是奶奶的遠房表哥五姨爹。他所熟悉的美國生活，與她在電視影集裡看到的非常相似，屬於中產階級的寧靜，大賣場、熱食店加上一些墨西哥食物，他在美國已經沒有朋友，卻常常在台灣發出豪語：「想當年我在美國……」或者是：「你們台灣人……」

我媽媽常常覺得他這樣的表述很可悲，如果不能認同這塊土地，那麼就瀟灑的離去吧！就像我媽媽到現在都不願意申請美國護照，因爲她是土生土長的台灣人，中華民國籍。她愛自己生長的地方，她愛一九四九移民到台灣就再也沒有離開過的她的老父親，她愛這裡所有的一切，即使她的母親在她兩歲的時候拋棄了她，她還是愛戀著童稚時期每年夏季總會收容她一整個暑假的外婆家。

因爲愛，有所眷戀，所以不想離開，至死都願意守候在這裡；如果有所遲疑，請別輕易地用愛做藉口，遂行占有。

「我不愛台灣！」我父親堅定的說：「但是我愛妳。」

那時候她就發現了，這世界上有什麼是愛無法克服的？那就是愛是愛本身無法克服。

還有五分鐘，一月二日即將結束。

我在母親的書房裡流連不已，翻閱著她所有的手札與日記，她抄錄的小紙條，隨手做的筆記，還有從小到大所有我寫給她的信。我甚至打開她的電腦，試圖駭進她的電郵信箱裡，察看她都跟哪些人通信？信件裡面有沒有祕密？

距離母親約定的時間，還剩下最後一天，我的心情從相信到質疑到焦慮，隨著時間的漸漸逼近，開始恐慌這一切會不會都是夢境？如果是夢，就算最惡劣的情境也都會清醒，就像媽媽以前常常告訴我的，不要一直回頭，往前看才能迎向光明。

史上最經典的回頭故事，當屬奧菲爾斯，這位天籟音樂家因爲不相信冥王黑地斯的允諾，在跨入陽界的最後一步回頭確認愛妻尤莉迪斯是否緊緊相隨？而在那一剎那破壞了誓言，讓尤莉迪斯永遠沉沒在地獄裡，他被河神撕裂了身體。

如果人們總是回頭找尋答案，就會錯過現在的風景；謎語不是爲了解密而設計；永遠的沉默並不代表沒有話想說。

我又發現了媽媽另一篇小說。小說中的故事，有一些我已經聽過了，但是字裡行間的鬼魅幽靈，更像是壓抑在故事背後的陰魂，用幽幽的絲縷氣息吐納著隱藏的綣戀，是愛非愛，將息未息。

胖叔叔

胖叔叔是我媽媽的男朋友中，交往最久的一個。

我從小就這樣叫他：「胖屬叔」，第二個字的發音是三聲「屬」。胖叔叔打從我念小學的時候就出現了，那時候，我媽媽每年只有在中秋節的時候回家，她總是適時地在晚餐結束之後，逕自用鑰匙打開大門，踩著三吋的高跟鞋，腳步聲音清亮地走進房子裡。每次當我跟妹妹聽到那木製鞋底扣扣扣敲響花園小徑的聲響，也是我們的心臟開始怦怦驚喜且伴隨惶恐不安的心情的開始。

我們知道媽媽回來了，我們希望她永遠留在家裡，每次我都會努力側耳傾聽，猜測她是否拖著厚重的行李箱，腳步聲伴隨著滾輪聲，一起回到家。可是，她總是俐落地走進屋裡，從來不跟爸爸多說些寒暄的話，除了一句：「我帶孩子去賞月。」

爸爸點頭默許，我跟妹妹就這麼被媽媽帶出門，走出門前小巷，會有一輛計程車等在那兒，車上坐個一個高大魁梧的男人，就是胖叔叔。

每年賞月都到國父紀念館。其實，我們家走出去步行十分鐘，就有公車站可以搭乘整點發車的212公車直達忠孝東路四段的國父紀念館，但是媽媽每年中秋節總會帶我們坐計程車，每年也只有那麼一次，奢華的滿月禮。

到了萬頭鑽動的國父紀念館，胖叔叔帶領我們穿梭在人群之中，斯文地找到一塊青草地，或是稍微能擠出一點空間的台階，接著，他會拿出預先準備的地墊，鋪在地上，和我媽媽並肩而坐，再掏出紙袋中的文旦與月餅，交給我媽媽，我媽媽先把一個個用透明果凍紙包裝的廣式月餅分給我和妹妹之後，開始剝文旦。就連刀子都是胖叔叔準備的，他細心地拿出水果刀，遞給媽媽，由媽媽來做切割的動作。

我和妹妹吃完象徵團圓的中秋節月餅之後，開始坐立不安，那時我們只有七、八歲吧，無法參與大人的話題，媽媽已經在旁邊，剩下的就是玩。每一年月亮最豐滿的時刻，是胖叔叔與媽媽陪伴著我們，看著兩個女孩兒到處遊蕩，跑跳、追逐，他總是靜靜地凝望著，偶爾和媽媽說幾句話。

九點鐘一過，是該回家的時候了，胖叔叔帶著我們，循著來時路，到馬路上攔計程車。一次的團圓，一年的分離。我和妹妹在車上始終無言，計程車靜靜地駛過忠孝東路五段、六段，然後回到家的巷子口。

每一次要下車前，我會問同樣一句話：「媽媽妳什麼時候回家？」我媽媽總是回答我同樣的答案：「下次。」

他們從來不下車，留著我和妹妹自己走進只有一盞路燈的小巷，因爲路燈剛好矗立在我家大門，所以他們可以藉著燈光清楚看見我和妹妹按電鈴的動作，然後年邁遲緩的老爸爸，一步頓著一步慢慢地走來開門，在暗啞的開門聲中，我和妹妹與爸爸隱身於幽暗裡，再也見不到我媽媽。

胖叔叔就這樣走進我的生命中，他是叔叔，我爸爸的敵人，卻比我爸爸多了一點，我也說不上來的，浪漫。

我的第一本《張愛玲短篇小說集》是他送給我的，民國六十五年七月出版，淺綠色的封面，深綠色的樹枝，一輪鵝黃色的滿月，翻開書頁有幾張微微剝離，看得到書背的細線裝訂。他說他朋友開的租書店倒閉，他去挑了幾本比較有意義的書給我，除了這一本，還有《張看》、《今生今世》以及一些標題爲《藍帶》的書本裝雜誌。我那年才剛要念小學五年級，原本嫌這些書字太小，但是「張愛玲」這個名字實在太美，也就懵懵懂懂地把小說看完，每看完一篇故事心情就沉重一些，怎麼書中的人物沒有一個善終的？那麼美的紅玫瑰與白玫瑰，卻都是婚姻的墳場。

比起書本，我更有興趣的是胖叔叔送的食物。那些都是我們從來沒見過也沒吃過的高級食品，一袋包裝精美色彩繽紛的日本糖果、一包滋味香濃百吃不膩的五香牛肉乾、一盒粒粒肥美香氣洋溢的進口水梨。剛開始，是媽媽坐著計程車繞到家門口，開門進來把東西拿給爸爸，交代一聲：「給孩子吃的！」就走了。爸爸是個舊式的人，這種不勞而獲的事情發生太多次，讓他忍不住規勸母親：「錢省著點用，不要再買這些舶來品。」我聽到媽媽回答他：「不是我花錢買的，這些都是人家送的。」

「人家」是誰？爸爸心知肚明，從此以後，他不准我們吃那些東西。我和妹妹也不敢多說一句話，只能淚眼汪汪地看著這些新奇有趣的食物，整個晚上都在看，那雙眼再也不追隨爸爸每晚收看高潮迭起的「保鏢」連續劇，到臨睡前都依依不捨地張望那禮盒最後一眼。第二天，我爸爸把掛在天花板上，只有過年才捨得給我們吃的糖蓮子，糖紅豆，取了幾顆出來，說：「我知道妳們愛吃糖，這些先拿去吃吧！我們『不食嗟來食』。」

於是，我知道，不能在爸爸面前提起胖叔叔這三個字。

*

而胖叔叔還是持續出現在我們的生命。在我小學畢業的那一年夏天，有天他跟媽媽說，要慶祝我即將進入更高級的求學階段，因此他要帶我們去吃牛排。

「西餐」。外國來的西洋的那種只有在電視上才看得到，男女主角衣香鬢影正襟危坐，規規矩矩用刀叉斯文地切起一塊一塊的牛排小口送進嘴裡，輕輕咀嚼，細細品味，啊！我生命中的第一個成年禮。

廣　告　回　信
板橋郵局登記證
板橋廣字第83號
免　貼　郵　票

235-62

新北市中和區中正路800號13樓之3

印刻文學生活雜誌出版有限公司　收

讀者服務部

姓名：＿＿＿＿＿＿＿＿ 性別：□男　□女

郵遞區號：＿＿＿＿＿＿＿＿

地址：＿＿＿＿＿＿＿＿

電話：（日）＿＿＿＿＿＿＿＿（夜）＿＿＿＿＿＿＿＿

傳真：＿＿＿＿＿＿＿＿

e-mail：＿＿＿＿＿＿＿＿

INK

INK PUBLISHING

讀者服務卡

您買的書是：______________________________

生日：　　年　　月　　日

學歷：□國中　□高中　□大專　□研究所（含以上）

職業：□學生　□軍警公教　□服務業

□工　□商　□大眾傳播

□SOHO族　□學生　□其他 ______________

購書方式：□門市 ______ 書店　□網路書店　□親友贈送　□其他 ______

購書原因：□題材吸引　□價格實在　□力挺作者　□設計新穎

□就愛印刻　□其他 ______________（可複選）

購買日期：________年________月________日

你從哪裡得知本書：□書店　□報紙　□雜誌　□網路　□親友介紹

□DM傳單　□廣播　□電視　□其他

你對本書的評價：（請填代號　1.非常滿意　2.滿意　3.普通　4.不滿意）

書名______　內容______　封面設計______　版面設計______

讀完本書後您覺得：

1.□非常喜歡　2.□喜歡　3.□普通　4.□不喜歡　5.□非常不喜歡

您對於本書建議：

感謝您的惠顧，為了提供更好的服務，請填妥各欄資料，將讀者服務卡直接寄回或傳真本社，我們將隨時提供最新的出版、活動等相關訊息。

讀者服務專線：（02）2228-1626　讀者傳真專線：（02）2228-1598

那天，我穿著過年新買的黑色長褲，過完年到現在沒過幾個月，褲管已經短了一截，露出腳踝處的白襪子，但是我把黑皮鞋擦得透亮，雖然舊卻乾淨，一向是我爸爸教會我們的服飾禮儀；上半身的裝扮沒有別的選擇，最正式的服裝只有學校的短袖白制服，可是我刻意套上紅色背心，幫妹妹也套上一件，這樣不會讓人看見繡在胸前口袋上的學號，也就不知道我們穿的是制服。

剛剛入夜的空氣微涼，散狀的霞光還在西邊籠罩，銀藍的天空悄悄捲起靛青的簾幕，晚風徐徐吹來，媽媽依照約定的時間到了，她一襲軟蔴呢粉色繫腰連身小洋裝，飄飄然地走進家門，她看到我和妹妹的穿著，皺了一下眉頭，依然不多贅詞，轉身就帶我和妹妹走出去，上了計程車。

胖叔叔已經坐在計程車的前座，他回頭看一眼我和妹妹，沒說話又回過頭去。媽媽問：「去哪一家吃牛排？」胖叔叔說：「去重慶北路。」「那兒有餐廳嗎？」胖叔叔說：「去了就知道。」

車子在建成圓環繞了一圈，循著重慶北路開去，沿途都是夜市小吃，燈火通明。胖叔叔找不到那家店，計程車漸漸駛離繁華嘈雜的夜市，他又要車子迴轉，繼續往市集裡鑽，直到他發現那塊紅布條爲止。

紅布條上用工整的白色楷書漆寫著「牛排」兩個大字，橫批是「台北第一家」。

「這是路邊攤！」媽媽略帶撒嬌的說。

「這是台北第一家牛排。」胖叔叔肯定的回答。

望著漸漸遠離的計程車，我明白我必須在這個路邊攤完成我的西餐成年禮。胖叔叔熱心地招待我們坐下，坐在鐵製的圓形板凳上；雖然是路邊攤，老闆卻用心的鋪上了紅色桌布，還點了幾盞蠟燭，桌上擺著高腳的玻璃水杯，還有黃色的跳舞蘭，放在白色的窄口瓷瓶裡。那在我出門時陪伴我的銀藍天幕，彷彿也從城市東邊移到了北邊，我抬頭看天空，有幾顆星星已經在發光。

「我教妳怎麼吃西餐。首先，要從最外側的叉子開始用起，正式的西餐會先送頭盤，也就是開胃菜、湯、沙拉（他輕輕咳了兩聲），但是我們今天只有附湯與麵包。然後，當牛排送上來的時候，右手拿刀，左手拿叉，因爲慣用右手的人才會使對力氣用刀子，再把牛排切成小塊，用叉子叉起來吃。正式的西餐還會問妳牛肉要幾分熟，但是，今天我幫妳們都選了全熟。」

媽媽坐下來之後就不再說話。我和妹妹則是專心期待著生命中的第一客牛排，老闆在不鏽鋼製的餐車上熟練的料理著，燒烤的香味不斷穿越空氣襲進我的口鼻，當熟透的牛排盛在墨色鐵板上滋滋喳喳地上桌時，胖叔叔立刻提醒我們要用餐巾圍在胸前，避免剛出爐熱騰騰飛濺的肉上醬汁弄髒衣服。

我按照胖叔叔指導的方法，吃完了這份牛排。牛排的滋味到底是什麼我已經記不得了，只知道在那個夏日傍晚，我在路邊攤品嘗人生的第一道西餐，是胖叔叔教我的。我坐在他正對面，看著他寧靜地享用餐後咖啡，視線順著他的杯子，他的頭顱，到他背後的天空，月亮出來了。

媽媽說，胖叔叔是世界新專編採科畢業的，她希望我以後至少能念到這樣的學歷。他做過報社記者、劇場導演，也在公關公司待過，最後來到日新大飯店作經理，認識了我媽媽。

「媽媽在日新飯店做什麼？」有一次我問胖叔叔。

「她如果願意說，她會自己告訴妳。」胖叔叔輕描淡寫地回答。

媽媽從來沒有告訴我。我只知道，除了胖叔叔以外，陸陸續續還出現過其他幾個「叔叔」，最尷尬的一個是駕駛28號的公車司機，那時，我和妹妹每天都搭乘這班公車去上學，自從連續兩次在公車上遇見他，我寧願多走十分鐘的路去搭乘另一輛公車也不要再看見28號。

胖叔叔也帶我們搭過公車，去看螢火蟲。

他說那幾天他在南港山上的家附近，看見滿坑滿谷的螢火蟲，他跟我媽媽說，小孩子一定喜歡，妳趕緊帶女兒來看，這種動物，朝生暮死，再加上房子越蓋越多，以後可能沒有機會再看到。於是，那天晚上我們父女三人吃過晚飯後，我媽媽又突然出現了，她以想女兒的藉口，把我和妹妹接了出去。這次沒有計程車在外面等候，胖叔叔出現在公車站，他說，要看螢火蟲要搭公車，到了山腳下，靜悄悄地走上去，才不會驚動到牠們。

牠們？

牠們可能比我們想像的還要聰明，靜悄悄坐公車這一招，還是被識破了。當我們抵達山腳下時，螢火蟲並沒有如胖叔叔所描述的，燃亮了滿山滿谷黑黝黝的樹木花叢，只剩下零星幾個小部落，這裡一團，那裡一團，點點地，閃閃地，捉迷藏。

星星！我和妹妹驚呼著。我和妹妹曾經在自家花園裡看過幾隻迷路的螢火蟲，在我爸爸親手栽植的杜鵑花旁穿梭，因爲數量太少，少到即使年幼無知的我們，也不忍心拆散牠們的家庭；少到讓人捨不得伸手觸碰牠們的身體，而只敢在一旁靜觀螢火蟲的飛舞。這一次，在小溪旁的堤防，我和妹妹毫無顧慮地追逐著兀自發光的螢火蟲。螢火蟲必定是一種善良的動物，當我們慢慢靠近時，牠來不及閃躲，乾脆圍繞著我，在我的衣袖上停留，在我脊背上駐足，牠甚至會站立在我的小指尖，像仙女棒似的引燃我的願望。

「希望媽媽回家。」

一直以來，我只有這個願望。

胖叔叔找來了一個空塑膠袋，讓我們裝進捕捉到的螢火蟲。他說：「回到家以後，就要在院子裡放生，讓牠們自由。」

我和妹妹回到家後，留在花園裡繼續陪伴塑膠袋中的螢火蟲，那裡面有我的願望，有媽媽曾經陪伴的溫暖。爸爸說夜深了，要我和妹妹進屋裡準備睡覺，我和妹妹再三躊躇，到底是該聽胖叔叔的話將螢火蟲釋放？還是將許過願的小星星繼續藏在塑膠袋裡？最後，年幼的我們還是捨不得把袋子打開，讓願望飛走。

第二天，螢火蟲全部死了，牠們僵立在塑膠袋的底部，渺小而無言的顆粒。是爸爸收拾了殘局，他也沒問螢火蟲打哪兒來的，他無言一如人間的螢火蟲，總是獨自在家裡爲我們點燃溫暖的燈。

*

我念國中的時候，胖叔叔消失了一段時間。後來才知道，他去修行了。有一天，媽媽拿回一本叫做《美華報導》的雜誌，說：「妳胖叔叔特別要我拿這本雜誌回來給妳看。」我正覺得納悶，翻開目錄才發現，原來是因爲裡面有一篇專訪胖叔叔的文章。我翻閱著整頁的報導，內文詳細敘述過去是成功媒體人的胖叔叔，如何經過一番頓悟之後，變成了通靈人，現在是三太子附身時的靈界訊息者，是助人爲善濟世救人的活菩薩。

在十五歲最叛逆最無神論的年紀，這篇文章讓我啼笑皆非。我是首都裡舊名第一女子初級中學資優班的學生，全班同學的平均智商是一百四十；我們將來都要念北一女，台大醫科。而胖叔叔，竟然想用坊間民俗信仰的三太子神鬼陰陽之說，說服我認同他的專業領域，他的豐功偉業。

「妳看了那篇專訪嗎？」胖叔叔後來問我。

我點點頭。

「妳覺得怎麼樣?」他又問。

「我不相信怪力亂神。」

「我以前也不相信。」他回應著，停頓了一會兒。接著，從他的嘴裡，緩緩吐出過去一直存在於我們之間，卻沒有人願意坦然面對的眞相：「我一直勸妳媽媽回家，可是她年輕又任性，我怎麼勸都沒有用。妳比妳媽媽聰明，又比妳媽媽漂亮，妳將來會經歷比妳媽媽更虛榮的生活，那時候，妳會明白這一切。現在，我和妳媽媽，已經是兄妹之情。」

就在胖叔叔說出「兄妹之情」這句話沒多久，我媽媽漸漸地，增加了回家的次數。她開始會在家裡過夜，然後，把外面的行李，一袋一袋地，慢慢搬回來。

那時候我已經十七歲，在禮貌上，我必須學習接納家中突然存在了另一個更具權威的女人，她是我媽媽；在心情上，分隔十五年的直系血親，比鄰居三姑六婆還要陌生，她不是我媽媽。

我們像朋友一樣，和平共處，只要不提過去，不刺探她拋家棄子的死穴，她會像個尋常的中年婦女，卸下濃妝，脫去高跟鞋，在家裡煮飯燒菜，甚至到電子工廠裡上班，賺一點生活補助。

我們和那一段不堪面對的過去唯一交集是胖叔叔，而胖叔叔很巧妙地，隱藏在記憶裡，只有在需要他的時候，才會適時地出現。

那是爸爸第一次心臟病發作。

失去了爸爸這個支柱，家裡只剩下剛剛考上大學的我，一個不到四十歲的年輕媽媽，還有個念高中的妹妹。我們過去都被爸爸保護得太好，從來沒想過這個家的靠山也會倒下去。

躺在加護病房裡急救的爸爸，心臟的三條主要血管堵塞了一半，醫生問我們要不要開刀？我們能去問誰？爸爸的長輩親戚都在大陸，宗族血脈在台灣只有他一個。立業成家之後有三個女人叫做家屬，目前的平均學歷卻只有國中畢業，有多少智慧能夠判斷生死？

於是，媽媽向胖叔叔求助。

胖叔叔在當天夜裡七點多，來到我們家看風水。他在離巷子口還有五百公尺的地方說：「我感應到，妳家牆上，掛了三張不該掛的照片。他們應該是過世的人，受到你們的牽引，現在魂魄還在你家屋頂上盤旋。」

我心頭一凜，他說得沒錯。前一陣子，爸爸輾轉得到從大陸老家寄來的爺爺奶奶的遺照，他將照片放大之後，用木頭相框裝起，找到牆上的一片空處，釘了釘子，直接將兩張遺照並排掛上去。第二天，我媽媽看到之後，心裡嘟囔著：「要掛就應該連我爸爸的遺照一起掛。」於是，也把我外公的照片拿去放大，裝進同樣的相框裡，在爺爺奶奶的照片旁，接著排了隊。

之後，三張容貌莊嚴，髮絲銀白又面無表情的黑白大頭照，就掛在一進門之後第一眼會看見的空白牆壁上，他們張著圓瞠瞠的眼睛，俯視著這個家的人來來去去。

「就算是魂魄在我家纏繞，也是我們逝去的親人，是我們所愛的人，有什麼可怕的？」我質疑胖叔叔。

「人死了之後，就屬於陰間，陰陽兩界，人鬼殊途，他們不是爲了害你們而留在人間，是因爲愛你們而捨不得走。但是陰間與陽間的磁場不同，他們在這裡久了，對你們家是有傷害的。」

我開啓大門，讓胖叔叔走進去。這是我認識胖叔叔將近二十年來，他第一次走進我的家裡，走進我和我爸爸的領域。

一進門，就看見了牆上那三幀遺照，胖叔叔囑咐我媽媽：「立刻拿下來」；接著，他看到牆上掛著一張兩公尺寬的孟加拉虎刺繡地毯，那是我爸爸掛的，爸爸說那老虎的眼神威武震懾，繡工精緻高雅，也不管適當不適當，看到一片空白的牆壁便掛上當飾品，從我出生到現在。

「這個也要拿掉。」胖叔叔毫不留情的說。

數不清的丟！丟！丟！我媽媽撿來的枯木，掛在牆上彷若裝置藝術，我妹妹在家政課裡縫製的漂亮手帕，也掛在牆上當裝飾品，還有獎狀、塑膠袋、編織竹籃、小狗的項圈、蒼蠅拍、月曆……；這才發現，幾乎所有隨手可得的東西，我們都往牆壁上掛。

最後，胖叔叔的眼光直盯著我唯一的洋娃娃；那是一個在七〇年代很流行的長方形精緻玻璃框，框裡是個雙腿挺直站立的九頭身少女，她的眼睛比手掌還要大，她的嘴唇比鮮血還要紅，她穿著一件粉紅色紗緞蕾絲邊高領英式復古小洋裝，圓圓的公主袖，短短的芭蕾舞蓬裙，露出纖細修長的四肢，那令我嚮往傾羨的美好軀體，她高貴而孤獨，被玻璃框保護著，從來沒有被人玷污。我一直想打破玻璃親手撫摸那洋娃娃的衣裳，洋娃娃的孅孅手腳，但是我不敢這麼粗魯地粉碎生命中僅存的美好，也擔心破壞了她的神聖與完美。我一直以爲我會永遠跟我的洋娃娃這樣親近又疏離的擁有彼此終生，沒想到，到最後我還是被迫遺棄她，我從小到大唯一擁有過，卻從來沒有摸過的洋娃娃。

「我不要丟掉，她不會怎麼樣！」我固執地說。

「當她半夜化成人形來找妳的時候，妳就知道會怎麼樣了。」

我看著洋娃娃晶瑩閃爍睫毛捲翹的大眼睛，我不相信她是妖精。

「不要再看洋娃娃了。妳的眼睛，比她還美。」胖叔叔丟下這句話後，迅速離開我的房間。

我們按照胖叔叔的指示，拋棄了許多「陰陰」的東西之後，說也奇怪，我爸爸的病情也逐漸穩定下來。當然，那年我爸爸只有六十八歲。我還記得當時胖叔叔不知道是眞的能接收到三太子的訊息，還是爲了安慰我們，他曾經這樣告訴我：「妳放心，妳爸爸會活到八十幾歲，至少八十三歲。」

那件事之後，我媽媽和胖叔叔更是極少極少聯絡了。雖然胖叔叔還是會在逢年過節的時候，順道經過我家，送上一些進口水果，糖果餅乾，香腸肉鬆，我媽媽還是不願意出去見上一面，她總是叫我到巷子口去拿東西，要是爸爸問起來，就說是溫阿姨送的。

那個溫阿姨，是我媽媽的同鄉，住在汐止山上，有個小菜圃，偶爾會送一些自己栽種的蔬菜水果，我爸爸也知道她的家庭狀況，老實的窮人，怎麼送得起這些高級進口食品？

那時，爸爸已經退休在家多年，有一天，他平靜地問我：「妳老實講，這些東西到底是誰給的？」

我看著爸爸蒼老的臉龐，行動不便的身軀，想起二十多年前，他從天花板上鉤掛的竹籃子裡，拿出平常捨不得吃的糖蓮子與糖紅豆的往事。那時候每次收到胖叔叔送來的精緻禮物，我總在心裡擔心著，會不會有那麼一天，我爸爸按捺不住這種羞辱而追出去打胖叔叔？我怕爸爸受傷，我也怕胖叔叔掛彩，因爲恐懼兩敗俱傷的景象，而更加賣力演出開心吃著糖蓮子的表情，讓我爸爸的恩惠有明顯的回饋。

一轉眼，我們現在都吃得起糖蓮子與糖紅豆了，甚至，有時候還嫌這種點心太普通而沒有購買的欲望。

「是林名洋對不對？」

我點點頭。我不敢說出那個名字，過去，爸爸連我稱呼他胖「叔叔」都會生氣。

爸爸不發一語，他靜靜拿起一根菸，點燃打火機，逕自抽起菸來。

「這要留下來嗎？」我問。

「拿都拿回來了，就吃吧。」爸爸回答。

*

爸爸八十歲的時候，再度面臨生死關頭。他在五年前歷經心臟繞道手術，差點無法從麻醉劑中甦醒，靠著意志力，成爲少數手術成功的病人。這次，是下肢動脈硬化，老人家無預警地跌倒，再也站不起來，醫生說胸腔、腹腔都積水，循環代謝不足，唯一的方法只有在大腿與股肱處開刀，接上人工動脈血管，才能讓血液恢復正常運輸，要不然，只有等死。

雖然我和妹妹已經成年，甚至都成家立業，但對於生離死別這樣的事情，到老都不會做好心理準備。於是，我又想到多年不見的胖叔叔。媽媽打電話跟胖叔叔約了時間，她說胖叔叔要親自到醫院走一趟。

「就妳去跟他見面吧，我不去了。」媽媽說。

我看著媽媽越來越多的白頭髮，眼角零星散布的皺紋，一襲尼龍罩衫剛好遮掩她越來越發福的腰圍，化纖長褲底下是一雙後腳跟已經磨損的平底鞋，她不再是當年，那個穿著絲質洋裝飄回家的仙女。

我跟胖叔叔來到醫院，他沒有走進病房看我爸爸，因爲閻羅王如果要抓人，在外面就可以感應到。

「這一次，我不敢保證。牛鬼蛇神已經來了。」

我的眼淚奪眶而出：「你騙人，你以前說過我爸爸會活到八十多歲，你保證至少活到八十三，我都記得清清楚楚。」

胖叔叔沒有反駁我，他捻起手指，喃喃自語，似乎在盤算什麼。接著他說我們必須去霞海城隍廟一趟，那兒的城隍爺是陰間的台北市長，牛鬼蛇神要來抓人的時候，會先給城隍爺看生死簿，必須城隍爺一個個勾選同意才能對著名單捉人。

「我們可以去求他，不要勾妳爸爸的名字。」

我們坐上了計程車，從天母開到迪化街，我搶著付計程車錢，胖叔叔也沒反對，這是第一次，我們一起坐計程車由我來付帳。

我知道胖叔叔一直不是特別富有，身爲小學校長的獨生子，他父親對他的寄望就像我父親對我的一樣多，而我們都是任性的孩子。他改行作通靈人之後，成立了宗派門法，有許多信徒追隨，靠著信徒的捐獻，他繼續住在忠孝東路四段的大廈裡。我記得有次我去他住的地方搬魚缸，他要我別進屋裡，在走廊上等就好了，他會幫我搬出來。我問爲什麼？他說屋子裡沒地方走路。我不相信，打開門一看，果然從玄關到客廳舉目所望的書櫃書桌，全部堆得滿滿如丘陵山壑的書籍。

「你看這麼多書？」我訝異的問。

「當然，要不然我怎麼做老師？」胖叔叔回答。

年輕氣盛的我，從來都把他的知識當作旁門左道，沒有興趣鑽研，但矛盾的是，每一次在我最無助的時候，第一個總會想到他。儘管他後來因爲「林老師」的宗教身分而非常忙碌，每次只要我有事找他，他總會特別安排時間，幫助我。

這就是胖叔叔，不是親叔叔卻比親叔叔還要親近。

「我跟城隍爺說好了，這一次他不會讓小鬼把妳爸爸帶走。」經過捻香拜佛，卜爻問卦之後，胖叔叔說：「但是你們要多做一些善事，尤其是妳，要照顧好身體，我教妳做幾招氣功，等妳爸爸出院以後也教他做。」

我跟著胖叔叔比畫了幾個招式，其實，我並沒有學得很專心，我跟著比手畫腳只是爲了安慰他，因爲他看起來很誠懇地希望我也能夠健康長壽。但是我告訴他，我願意把我所有的生命全部獻給我爸爸，只要讓他活下去，我隨時可以爲他死。

「不要再做傻事了，妳已經長大了。」胖叔叔說：「妳割腕吞藥的時候，傷了多少人的心妳知道嗎？」

胖叔叔離去的時候，問我有沒有錢坐計程車？他從皮夾裡掏出五百塊給我，他已經忘了，從醫院來城隍廟的車費是我付的。我推辭著不收這錢，他問爲什麼？

「我已經長大了。」我說。

他點點頭，說：「妳長大了，比小時候更漂亮。」他說完，攔了一輛計程車，上車離去。

*

那次我爸爸果眞度過了難關，雖然被評定爲手術成功率最低的丙級病人，卻依然戰勝死神，他在恢復室裡沉睡了八個多鐘頭，終於清醒，醒來後的第一句話是：「我夢到你爺爺奶奶來接我了，我正準備跟他們走的時候，看見了光，然後醒了。我等了好久好久，好苦啊！我再也不要有下次了。」

這樣的過程確實沒有下次了，三年之後，我爸爸自然地走了。

我爸爸過世之後，不到半年，胖叔叔也走了。

他走得有點突然，我的腦海裡還停留在上一次他的名字出現在爸爸的奠儀簿上，奠儀紀錄是五千元。

是胖叔叔的另一個女朋友陳小姐打電話告訴媽媽，她說，胖叔叔爲了追求一個年輕的女孩，那女孩要他減肥成功才願意跟他交往，於是胖叔叔吃了大量減肥藥，導致腎臟急性衰竭而死。陳小姐跟我媽媽說：「王小姐，他就這樣走了，我們兩個以後要彼此照顧。」我媽掛斷電話後，冷淡的說：「誰要跟她彼此照顧，我早就跟他沒關係了。」

媽媽雖然嘴裡這麼講，但是三個月前，她還是幫我打了電話約胖叔叔出來，那次是因爲我兒子經常生病的事。

我兒子剛出生六個星期就感染敗血症，三個月大開刀治療疝氣，六個月急性尿道感染，還去做了腎臟顯影，朋友介紹一個江湖郎中斷言我命中無子，這個孩子活不過五歲，要我去花錢補運。我爲了這件事憂鬱恓惶，再加上父親過世，我對人生已經完全失去了希望。

那次和胖叔叔約在一個咖啡廳裡，即使我已經離開父親母親另外成立新家庭，我還是不願意讓他走進我的家。我不知道爲什麼到了最後，我依然堅持捍衛我的私領域，是因爲顧慮到不相信神力之說的我的先生的感受？還是我在潛意識裡，始終不肯承認這個曾經霸占我媽媽許多年，讓我爸爸傷心的男人，是我生命底層裡永遠無法消泯的鬼魂。

那一次，胖叔叔明顯地消瘦許多，瘦到讓我覺得稱呼他胖叔叔都是一種諷刺。他的頭髮幾乎已經全白，雖然跟我媽媽同樣將近六十歲的年紀，但是他看起來跟我爸爸差不多老。他的眼神依舊神采奕奕，他的身型依然魁梧，但也許是因爲瘦得太快，來不及訂製新的外套，他那天穿著明顯大三號的西裝來與我會面時，我差點以爲他身上的衣服是跟相撲選手借來的。

胖叔叔看了我兒子的照片，說，兒子面貌端正，絕對不是早夭的命格，他是大將軍投胎轉世，上輩子因爲戰爭殺了許多人，現在剛來到這一世，還帶著前世業障，冤親債主一下子搞不清楚還是來找他，所以會生病，但一切都能夠逢凶化吉，因爲他還有今生的任務要完成。這種事，等到他漸漸長大就會好了，要我不必擔心。

還有，他接著說：「我感應到妳家有一個不祥之物，那是一個圓圓的，亮亮的，有點像佛珠或念珠之類的東西，以前沒有，孩子出生以後才出現，要趕緊把它丟掉。」

我想了半天，唯一符合胖叔叔所描述的東西，是我先生在我生下孩子滿月時，突然帶回來一顆直徑約有一公分大的南洋珍珠，作爲弄璋之禮。我一向不喜歡珠寶，看到這顆珍珠時，更是在剎那間心生嫌隙之感，因爲它的色澤很詭異，並不是純白的透亮，而是一股黯淡朦朧的銀灰，乍看之下像久病未癒的老婆婆緊盯人瞧處處透露厭世的哀怨，看久了則更像是含冤未雪的死魚眼睛，不甘被遺棄於海洋之外而執念深重。

「這是我先生送給我的禮物，我不能丟，怎麼辦？」

胖叔叔建議我拿去別的地方儲存，只要能夠離開那個家，放辦公室也好，保險箱也可以。

「你先生很愛妳。」胖叔叔說。他吃得很少，那頓簡餐，他只吃了一半，但是喝兩杯咖啡。

「你怎麼知道？」我故意問。

「因爲妳眞的很迷人。」他繼續啜飲咖啡，彷彿一切都很自然的發生：「妳要勇敢的活下去。我從妳還是孩子的時候就看著妳，一直在等妳眞正成熟長大的這一天，妳比妳媽媽更漂亮，更讓人難忘，又會讀書，是知識分子。我一直想著也許有一天妳會來陪我作伴，可是妳始終有自己的想法，我不一定能等到那一天了。我和妳媽媽之間曾經轟轟烈烈，都是前世今生的命運，後來靠修行轉化爲兄妹之情，故事本來到這裡就應該結束，是因爲妳，我才捨不得完全的離開。」

我低下頭，不敢直視胖叔叔的眼睛。我在他面前從來都是自由自在，想說什麼就說什麼，但是這一次，我竟然無法義正辭嚴。

然後他開始通靈，念了一堆古詩詞，什麼風花雪月，長夜伴青燈，自顧自地念了足足有三分鐘，突然問我，他剛才說的話，我有沒有抄下來？我說沒有。問他爲什麼要抄？胖叔叔說，那是三太子指示，關於我的一生。

胖叔叔在公車站跟我道別，他的西裝寬鬆地輕易灌進風，泡泡似地像個氣球隨時能夠把他捧上天。他跟人分手時一向冷靜，說了再見就不再眷戀回頭，逕自上車或遠行，以前來送禮物給我的時候如此，現在跟我道別的時候也是如此。

我看著他蹣跚走上公車，找到一個座位坐下，他靠著窗，抬頭望另一個方向看，他沒有回頭，我只能瞧著他布滿華髮的後腦杓，和斜倚在窗櫺上的削弱肩膀，與遲緩老舊的公車，一步一步，稀釋掉空氣，從我的視線裡淡出。

我想起我生命中的第一客牛排；第一次抓到螢火蟲；第一次去圓山大飯店，雖然我們只是在飯店外的草地上漫步，但是胖叔叔從來不會阻止我和妹妹玩一些高難度的遊戲，比方說從山坡上把身體當作球側著身子翻滾下來。第一次吃蒙古烤肉，第一次去大同水上樂園，第一次去秀場看表演，第一次逛百貨公司，第一次認識張愛玲。還有我考完大學聯考那一年，異想天開要去拍廣告片，胖叔叔也能夠安排一個導演，帶著我出了一天的外景，實際體驗拍廣告的辛苦，而讓我打消了當導演的念頭。

他是我爸爸的情敵，從來不曾對我說教，他甚至能感應到我會在台南發生一場死亡車禍，而事先要我喝符水化解災難；他是我媽媽的愛人，從小看著我長大，卻在死前三個月對我說了一連串無解的文字，將我陷入迷宮。我兒子果然如他所言，越長大越健康，現在整天活蹦亂跳，再過半年就要過九歲生日。而那顆明珠，我始終置放在離家遙遠的保險箱內，鎖在最底層，只有在一年一度繳交管理費的時候，才注意到它的存在。隨著胖叔叔的死，沒有人可以告訴我，這顆被他預言爲「不祥之物」的珍珠到底要怎麼辦？沉默的珍珠裡彷彿鐫刻著他最後的啓示，等待我臨終之後才能解密。

第三部

一月三日

一

天亮了。父親也不見了。

這個家冷清清，彷若墓陵。

一月一日之前，我母親去到世界上任何一個地方都會事先告訴我，她什麼時候要離開，去到哪裡，什麼時間回來。她從來不會留下一封像是遺書的紙條，上面寫著：「請給我三天的時間。」就算是遺書，也應該會寫一些像是：「兒子請你多保重，我在天上也會永遠愛著你」或「媽媽有不得已的苦衷，我們來世再續前緣吧」之類徹底交代後事的文字，而不是一道費人猜疑的謎語：「請給我三天的時間。」

當我認眞等待，三天之後，又會出現什麼樣的答案？

或者這個世界的答案太多，我們需要更多的好奇。

比方說我爸爸也跟著消失這件事情。

前天晚上我還看見他躺在床上睡覺，打鼾聲震耳欲聾，他用他最習慣的大字型占滿整張雙人床，我常常懷疑我媽媽是不是要縮成一個球狀才能在他的手臂與腿骨之間找到空間安睡。昨天晚上我本來想要跟父親好好談一談母親的事，卻只發現一個空酒瓶。悄然無語離開家的父親徹夜未歸，他似乎忘了屋子裡還有一位家人，就算是室友不回來過夜都會跟對方打一聲招呼，何況同居的人是有著他一半基因的血親，他這樣的作法，讓我覺得太絕情。

難怪我媽媽所有的小說裡，都會出現一個虛構的妹妹，原來她寂寞透頂，孤單淒涼到渴望在文字中創造一個複製人與她分享生命中所有的悲喜。是這樣嗎？媽媽，她寂寞嗎？在我還沒有進入她的生命之前，她一個人是如何面對所有的創傷與苦痛？歡喜與快樂？她說因爲有了我，才讓她對生命重新恢復了勇氣，那麼，在我沒有出現之前，她是如何以薄弱的肉身之軀對抗這世界的罪惡？特別是她沒有媽媽的保護，她一個人那麼孤獨。

沒有媽媽的小孩，卻在自己作了母親之後這麼愛我。

是的，愛！她無時無刻不在歌頌愛。

就連路上一隻精幹結實，面容凶惡的流浪狗靠近我身邊，伸長脖子用鼻頭觸聞我的耳朵（當時我兩歲，體型不比流浪狗大多少），即使遭遇這樣的狀況，我媽媽只是緊緊握住我的手，語氣溫柔的述說：「別緊張，牠喜歡你。」雖然我只有一百公分高，智商只有二十四個月的成熟度，但我也有人類敏銳的第六感，明白我也許只要稍微露出懼怕或騷動的神色，這隻瘦削冷酷的大黑狗就能夠輕易地一口咬下我的耳朵或鼻樑，而我媽媽竟然要我不要緊張：「你越怕牠，牠越會欺負你；你越冷靜，牠就不敢輕舉妄動。而且牠主動來親近你，應該就是喜歡你。」

那隻狗果然在我四周左右上下東西聞聞之後，沒有伸出魔爪與暴牙，用機靈的眼光瞧瞧我母親與我，然後一轉身，彷彿滿足好奇心的離去了。

我長大以後常常回想起這件事，總是會思考我母親的心境，究竟是什麼樣的動機讓瘦弱的她將兩歲大的孩童共同陷入險境？讓一隻面露凶光的流浪狗表達「愛意」，將牠接近我的行為解釋為喜歡對方的一種方式，而訓練我冷靜勇敢的面對隨時可能發生的暴力攻擊？這跟中秋節莫名其妙跳進我家前院的可愛的小白兔絕對不同。話說我們搬到山郊蝸居一年半載之後，某個月明星稀，輕風徐吹的中秋節夜晚，一隻長得像熊貓的小白兔突然來到我家前院，牠的體型不到爸爸的手掌那麼大，圓滾滾的體型惹人憐愛，我追著牠一個晚上，享受了一場月光裡與兔追逐的浪漫之夜，我跟媽媽說這是「月兔下凡」，媽媽說：「因為牠喜歡你，所以才會來到我們家裡。」

不只是感覺充滿敵意的野狗或體態溫柔的小兔子，一隻振翅與天空搏擊偶然停駐在眼前的灰鴿，動物園裡驀然回首的長頸鹿，兩棲爬蟲館中瞌睡的大蟒蛇，在我走近觀望時突然抬頭睜眼盯著我，我媽媽都會說：「牠們喜歡你。」不知爲何我對這種「喜歡」感覺很疑惑，讓美麗的動物喜歡固然有著幸福洋溢的喜悅，被邪惡的動物喜歡則是膽顫心驚，雖然兩者皆享有被喜歡的虛榮性快感，但這也正是讓我幼小心靈深感困惑之處。

我一向清楚地明白母親對我的愛深沉直接，她在語言行動上溺愛我，無時無刻不稱呼我「愛愛」、「心肝」、「寶貝」；她在生活起居上寵護我，每次洗青菜總是不厭其煩地讓流動的水浸泡二十分鐘，就爲了洗除致癌的殘留農藥；但是在現實人生中的某些時候，她卻是個殘忍的母親。

她說我在九個月大的時候，開始發揮主體意識，一向安靜觀察周遭活動的我，突然用哭鬧的行爲彰顯我的主權，沒有任何理由。那一次，我喝完早餐的牛奶，飽餐一頓我母親精心製作的蔬菜牛肉粥，也拉了一場痛快的屎，傭人剛剛把我的屁股洗乾淨，抹上香香的護膚乳霜，穿上整齊乾淨的衣服，聽著莫札特的鋼琴音樂，手上拿著德國進口的嬰兒啓智玩具，床頭擺著有小丑笑臉的精密陶瓷不倒翁，窗外晴空燦爛，綠蔭飄颺，還有一隻白頭翁飛來陽台盆景旁邊啾啾婉轉清唱，一切都這麼美好，我卻開始哭鬧。

作爲一個新手媽媽，尤其是我經歷過三場與死神拔河的疾病與手術，她應該要慌張，要把我抱在懷裡安撫我，用她軟香纏綿的身體作搖籃，說盡世界上最阿諛諂媚的話，巴結我不再哭鬧。

可是她沒有。

當她一再測量我的體溫，檢查我的鼻腔，確定我的乾淨尿布，還有喝完牛奶後打過了嗝，她認爲我生理上非常安全，沒有任何隱憂，因此哭鬧的行爲應該是屬於心理問題，是我的腦從嬰幼兒發展爲成人過程中，自我膨脹的感覺良好，用九個月的智商指揮身心靈統合後的有氧運動「哭鬧」，來引起所有人的關注，只爲了彰顯個體存在的價値與駕馭。

因爲我的「需求」早已經被滿足，哭鬧的行爲是爲了「欲求」。

於是，我媽媽決定讓我哭下去，兩個人默默比氣長。

當我發現我被孤伶伶地留置在嬰兒床上，四周無人（沒有觀衆在意我的賣力演出），更是用盡我剛剛學會的新招數哇哇大哭，哭得震天欲聾，哭得肝腸寸斷，哭到連孟姜女都會從墓穴裡爬出來不服氣的詢問還有誰比她更有資格哭倒萬里長城？

早上十點鐘開始無因哭鬧，嬰兒零污染的聲帶原本發出天眞純潔彷若八部合音中的一支，乾淨透明，天籟繚繞。但是二十分鐘後，充滿鼻涕口水的聲帶漸漸混濁，嘶啞，受創。照顧我的印尼籍阿姨不忍心讓嬰兒持續哭泣，懇求我媽媽讓她來哄我安慰我。可我媽媽嚴格的禁止她伸出援手，她說：「我要讓他知道，哭鬧不會得到重視也不能解決任何問題。」

就這樣，我持續哭了四十分鐘。哭到體重只有十點五公斤的我全身乾涸缺水，再也哭不出任何液體，變成瘖啞的啜泣，而我剛剛飽足一頓早餐的熱量，也在過去四十分鐘拚命嘶吼的吶喊中消耗殆盡。我從激憤悲昂開始轉變爲嗚咽低鳴，斷斷續續，不復仰天長嘯，但見垂頭喪氣。可我媽媽還是沒有過來安慰我，她在客廳裡坐著，從玻璃櫃中反射的影像觀察著我的一舉一動，靜靜等候。

直到十一點，連嗚咽啜泣的力氣都用盡的我，終於停止任何情緒與聲音的戰鬥，或許我有那麼一點點理解到，一個人哭鬧到天荒地老也只能見到天荒地老的風景，沒有人會同情你。所以我停止了哭泣，重新拿起手上的玩具，看著笑嘻嘻的不倒翁，聽著窗外麻雀覓食叫聲啾啾，大地依舊寧靜運轉，陽光偏西，我的眼淚如滄海一粟，渺小似螻蟻，沒有任何意義。

又過了五分鐘，媽媽走進房間，我們四目對望，不發一語。她溫柔的用濕熱毛巾擦拭我的眼淚與鼻涕，讓我端正秀雅的臉龐恢復神智清明，她靜靜的凝視著我，多美麗的眼睛，多甜蜜的聲音，卻冷靜的像是用手術刀精準切出心肺裡最深沉的警句一字一句告訴我：「哭鬧不能解決問題，只是浪費時間而已。」然後她將我緊緊擁入懷裡，呼喚著寶貝小肉肉的名，說：「媽媽不能陪伴你一輩子，你一定要學會獨立，比媽媽更勇敢更堅強的活在這個世界上，面對人間的無情與有情。」

後來我媽媽告訴我，那一次她狠下心讓我哭了整整一個小時之後，從此以後我再也不哭不鬧，看到喜歡的玩具如果我媽媽說買不起，我也能夠毫無眷戀地轉頭離去，絕對不會用哭鬧的方式滿足欲求，得到任何我想要的東西。

除了人類悲嘆不起的死而復生。

在我詞不達意的一歲半年紀，有天媽媽將小黃瓜切成薄薄的小圓片，放在我的水果盤旁邊作爲點綴。我拿起一片圓形的小黃瓜薄片，笑嘻嘻比手畫腳半天，媽媽以爲我想吃小黃瓜，擔心我囫圇吞進嘴巴裡會被嗆到，好心地將圓片小黃瓜切成一半，變成兩個半圓形。沒想到我一看到圓形的小黃瓜分裂成兩半，突然間開始焦慮哭鬧不已。我指著手上被分屍的小黃瓜，嘰嘰呱呱用凌亂陌生的字彙串聯出一堆沒有人聽得懂的語言，媽媽意會得出來我正在與她溝通，於是她試圖安慰我說「好」、「好」、「不要哭」、「媽媽再切一片新的給你」，但是這根本無法阻止我的傷感與躁鬱。經過了十幾分鐘的猜測與揣摩，媽媽終於從我咿咿呀呀的童音與手勢中，覺察到我正在表達的意念是，我想要回復小黃瓜原來的圓形。就算再切許多新的圓片小黃瓜也沒有用，我就是要原來那一片破鏡重圓。

「那是不可能的事情。」我媽媽漠然的說：「這片小黃瓜切開了就是切開了，再也無法復合，就像人死不能復生，就像你老爺走了就是走了，他再也不會回到我身邊。」

我在刹那間彷彿聽懂了人類命運最終極的課題，有關生死的哲學論述，而怔忪猶疑停止了哭泣。

然後換成她哭了。

多年後，我依然明白，如果百毒不侵的希臘英雄阿奇里斯只有腳踝是他的死穴，那麼我母親的死穴在她的父親。我老爺是她這輩子最依戀的英雄人物，從她有記憶開始，就像雁鴨從蛋殼裡破出時會將眼睛所看見的第一個動物當作父母，她所有與愛有關的記憶都跟著她的父親凝固在一起。

我小時候常常出一個測驗題，要我媽媽將她所愛的人列出順序。第一愛的人是？老爺。第二愛的人？安安。第三愛誰？伊伊。第四愛？你爸爸。第五愛？外婆。

後來我也用同樣的考題詢問我父親，我父親毫不思索的說：人生在世第一要愛自己。如果連自己都不愛，怎麼有能力去愛別人？

於是我後來都跟母親說：「妳一定要第一個愛自己，好嗎？」

媽媽只是微笑點頭，始終沒有答應我。

二

三天中的最後一天，我從晨光嬝娜時開始等候，直到日正當中。我開始意識到我很有可能等待的不是答案，而是奇蹟。

三天兩夜，我始終沒有躺下來睡過一場覺，此刻我頭腦清醒耳聰目明清楚知道新年伊始我家已經消失兩個人，我的母親與父親。從一開始我以為母親只是跟我開個小玩笑，及至時間晃蕩累積逐漸讓我感覺到這是一個冰涼的冷笑話，而決定發揮福爾摩斯精神去查閱母親的稿件，企圖抽絲剝繭找出母親是否認真離家出走的蛛絲馬跡？命運的考驗卻像翻船的漁夫在一波接一波的大海中強自鎮定擅泳，以為討海人與汪洋早已形成命運共同體的默契，直至我父親也捲入了消失的黑洞，杳然無行蹤。

我打開窗，讓正午的陽光穿透玻璃，照在我身上。小時候我體弱多病，母親帶我看遍中西醫之後，不知道從哪兒聽到了某種另類療法，說「正午之光乃純正陽剛之氣，可以驅除邪佞，曝曬有益。」所以她常常選在大中午陽光直射滿地金光閃爍氣溫最熾熱的時刻，牽著我的手在路上漫步行走，走到我滿頭大汗，氣喘吁吁，跟她說：「媽媽，我可不可以不要再照這個什麼『乃氣』了……。」

現在，這個什麼乃氣就在我的面前，我看到一片璀璨晶瑩，卻無法在玻璃中反射出自己的身影，我彷彿消失在光中，散裂成光束幽靈。我自認爲我還算是個勇敢的孩子，不管是天生的勇氣或後天被母親訓練正面思考的能量，讓我面對求學或家庭中困難的狀況都能天眞的扭轉頹勢。

比方說我們全家人抽獎抽到機場諾富特國際連鎖飯店免費住宿一晚的優惠，飯店只招待早餐，不包含晚餐。當天下午我們歡樂盡興使用了飯店游泳池、按摩池、蒸氣室、桌球室還有Wii等娛樂設施之後，面對晚餐的問題，媽媽說，因爲飯店的歐式自助餐消費太貴，所以我們搭接駁車到第二航廈吃麥當勞，算是高級度假之夜的中級享受好嗎？我反應很快的回覆我媽媽：「沒關係，明天早上我們就有高級的早餐了。」

我很擅長用開朗樂觀的言語博得我媽媽的笑容，甚至當她在我小學二年級的時候，對我說出最殘酷的敘述：「如果有一天，媽媽送你上學之後，再也不會出現，可以嗎？」我立刻回答她：「媽媽妳看妳的手，妳看妳的手！妳的生命線還那麼長，死神不會這麼快就來把妳帶走。」

八歲半的我，比四十三歲的她更能夠幽默的面對人生。

她說，對於人生，已經沒有任何期待，早在五年前就簽下「器官捐贈卡」，當她心跳停止的那一天，願意將眼角膜、心臟、肝臟、肺臟、腎臟、皮膚骨頭……所有能夠捐出去的肉身全部遺愛人間。她甚至在我九歲生日之後沒多久，刻意帶我去祭拜老爺的靈骨塔，只為了讓我看清楚老爺身後居住的小房間。她說她不要關在籠子裡，她死了以後，請將她樹葬，地點都找好了，就在依山傍海的北海岸山坡上，那裡有個禪寺，樹葬不用花一毛錢，而且有個很美好的名稱叫做「生命園區」。

「根據台北市殯葬委員會的統計，靈骨塔中的先人骨灰，平均五十年以後就再也無人聞問。我死了以後，如果你還願意來看我，我希望你是在青山綠地之間懷念我留下的美好記憶，而不是物質的附庸。當你看著化做塵土的我，也同時看著海洋，天空，飛鳥，樹林，這就是人生。」媽媽很認眞的對我說。

我則是撒嬌的回應媽媽：「那時候妳已經活到一百五十歲，我是一百一十五歲，『生命園區』可能早已經客滿囉！」

媽媽摸著我的頭，將我擁入懷裡。

我捨不得離開她，可是我心裡明白她也明白，那一天遲早會來臨。當那一天來臨的時候，在時光悠悠徐緩地流逝中，我們儀態從容心智成熟地等待分離的那一刻，而不是像我媽媽兩歲大的時候，她的母親像個卡通人物「刷」的一聲從她生命中瞬間蒸發，消失無蹤。什麼話也沒交代，什麼理由也沒有。

就連一句：「請給我三天的時間」都沒說。

剛出生的孩子，一如我回憶起自己如白紙般的過往，塡塞了所有關於母親的美好與純眞，以及說不完的愛。在我初解語言與文字的密碼之後，母親便耐心等待著我用同樣的詞彙報償於她，直到我流暢地使用愛的發音與文字時，我已經六歲。其實，以我媽媽的善良，就算外婆在她六歲的時候，只是說一聲：「請給我三年的時間」，我相信她也是可以寬容接受的。

我媽媽是個講理的人，她會等待。

然而等待她的卻是沒有理由的拋棄，時間的長河漫漫無止境，春花謝了夏雨停，秋風拂去冬霜起，她的媽媽配合季節轉換一陣一陣使出無影刃，刀刀刺進她的心。如果只是單純的死去，她可以跟人家解釋：「我媽媽死了，我是孤兒。」因爲死了就是死了，活著的人隨著生命中新鮮的步履漸漸會遺忘死者的美麗；死去的人也不會再活回來給她三個小時的母愛又突然離去，重複折磨她的記憶。拋棄比死去更讓人傷痛，早慧又早熟的她不斷反省，到底是哪裡做錯了，值得被這樣操弄？

於是童稚的她自己推論出一個理由，那就是她這個壞孩子，不値得愛。

因爲天生的壞，她決定去做一個更壞的人，實踐她的天命。她努力憎恨那些擁有美滿家庭的人，更討厭同年齡的孩子，她在心裡頭默默演繹著屠刀殺人的畫面，想像滿門抄斬的樂趣，讓全天下人都不能擁有幸福。

訓練自己心狠手辣是成爲壞人的第一步，最壞的典範從謀殺生靈開始。她拔掉花園裡盛開的朱色山茶花，一夜之間落紅滿地，獨留綠葉憔悴。她給鸚鵡聞大量濃密的蚊香，試圖讓這隻不會說話的彩色鳥長睡不起。她還想用水果刀殺一隻實驗室裡常常作爲解剖道具的青蛙，卻因爲青蛙又濕又黏又滑讓她噁心到毫無獵殺的欲望。最後她發現下大雨之前都會出現一整列長串的螞蟻，沿著窗檯邊緣列隊行走直至沒入牆壁的縫隙中，行進間的螞蟻頭上都會出現一個小白點，她臥在窗台仔細觀察許久，發現那些小白點似乎都是掉在地上的麵包或餅乾屑。螞蟻勤奮與環保的精神雖然令她肅然起敬，但是她現在的宏願是成爲一名頂尖的殺手，因此她決定，要用最殘酷的方式折磨這群體積渺小卻已經在地球存活一億年的昆蟲，那就是，用燃燒蠟燭時融化的蠟，一滴一滴烙印在螞蟻的身體上，瞬間將牠們凝固凍結，再從冷卻後透明的蠟中，觀察這些活體標本臨終前最後掙扎的容顏。

她決定開始對螞蟻處以滴蠟的極刑，前面幾隻還算順利，到了第五滴蠟之後，螞蟻好像也有通風報信的本事，突然間開始四分五裂到處游移，再也不按照閱兵的姿勢排隊行走。分散逃竄的螞蟻讓她心頭一驚，或者，螞蟻雄兵眞的像卡通裡所拍攝的劇情，牠們也有家庭，牠們撿拾人類吃剩的東西也是爲了養家活口，讓九族命脈得以延續。這個靈感觸動了她內心某些細微的情緒，讓她難過了起來，她領悟到自己果然具備劊子手的天賦，但是這種感覺非常不舒服。

如果要效法歷史書上的梟雄氣魄，寧願我負天下人，不能天下人負我，那麼，還是必須訓練自己具備大屠殺的勇氣。她這麼決定。這一次，她要嘗試殺掉家裡的小狗。她準備了一根童軍繩，照著老師教導的方式打了一個活結，就是上吊時可以將頸項套入活結裡，兩邊用力一拉縮緊繩結卡住咽喉輕鬆致命。她把小狗叫過來，將繩結套入小狗的脖子，小狗張著水汪汪的大眼充分信任小主人的指令，伸出濕濡的舌頭不斷舔著她的手指頭，一點也沒有恐懼。這是她的第一個殺人試驗，她告誡一定要成功，將來才有能力執行復仇任務，向那些不公平論斷她不值得愛不值得活的人索命。

當繩子順利地套上小狗的頭，天眞的小狗依然露出彷彿正在微笑的唇齒，牠不知道牠的生命即將結束，還以爲這個天天餵食牠的主人正在跟牠玩遊戲，快樂地等待著主人的下一個花招，殊不知下一個動作就是地獄。

小狗死到臨頭都不知道害牠的人是牠最效忠的主人，柔順地服從所有的指令，純潔無辜地等待最愛的人施毒手。我媽媽再也忍不住心裡的衝擊，流下了眼淚，她不是梟雄，離英雄更遠，她是軟弱的狗熊，軟弱到沒有本事將自己的痛苦轉嫁到別人身上，說服自己千錯萬錯都是別人的錯，她做不到，那一刻她寧願自己死，也不要再勉強自己去做壞人，甚至再產生一絲絲邪念，讓可愛的小狗成爲人類爲自己無能爲力搪塞理由的命運祭品。

這也就是爲什麼後來我會注意到她的手腕上有著無數傷痕。

我有一次試探性地詢問我外婆，爲什麼媽媽的手腕上會有疤痕？我外婆口不擇言的說：「你問你媽媽啊，你媽媽年輕的時候可眞是個『好』孩子呢！以爲考試第一名有什麼了不起，動不動就鬧自殺，好像我們都欠她一條命。」

那一次我眞正明瞭，我媽媽跟她的媽媽，這一輩子的頻率永遠不會有交集。她們是兩個完全不同世界的人，除了我媽媽曾經在她媽媽的子宮中居住了七個月的時間，並遺傳了母系的美貌，除此之外，她們是兩種截然不同的生物。外婆的精打細算總是度量著個人最大的利益；而我母親經常告訴我：希望命運的不仁慈就到她身上爲止，再也不要傷害任何人。

離家出走的外婆，在媽媽十二歲念國中一年級的時候終於倦鳥知返，回到這個家。我媽媽滿心歡喜地迎接這個生理上的母親，卻發現這個名叫媽媽的生物與理想中的媽媽有著很大的落差。她不做家事，不燒菜洗衣，也不教她做功課，趁著爸爸下班後在診所裡兼差賺生活費，必須加班到十點以後才會回來，這個媽媽每天邀集陌生奇怪的朋友來家裡喝酒歡聚，喝醉酒就把年輕的女兒從房間裡叫出來唱歌給大家聽。她不願意唱歌就立刻以母親的威權發出命令：「妳不是合唱團的嗎？唱一首歌都不行嗎？妳瞧不起我們嗎？」

那些奇怪的朋友中，有一個見過幾次面但是從來沒有說過話的年輕男人，每次出現總是穿著白襯衫與卡其褲，外婆曾經介紹說他是遠房的表舅，但是年輕傲慢的媽媽一次也沒有理會。某次這男人趁著大家酒酣耳熱，瘋言亂語時，突然走進她的房間，把門反鎖起來。那群在客廳裡喝酒尋歡唱歌跳舞只顧自己快樂的酒客，包括那個應該像母雞張開翅膀保護小雞的母親，沒有一個人注意到關緊門的房間裡傳來驚惶求救的吶喊。

那次之後我媽媽開始逃家，放學後在公園裡坐著等待爸爸下班才回來。她的爸爸以爲她去補習，但是功課卻一落千丈；她回到家不跟她的媽媽講話，她再也瞧不起她的母親，一開口就是頂嘴吵架，清醒時的外婆講道理講不贏十二歲的小女生，只有借酒裝瘋壯膽，痛罵這個親生女兒不懂得什麼是孝順，說到義憤塡膺處，便隨手拿椅子砸她唯一的骨肉血親，或拿掃把球棍皮帶抽打她。我媽媽從來不還手，她用語言當作自衛的武器，她只要說一句：「妳有什麼資格作我的母親？」就像火上加油一樣，讓外婆更加惱怒瘋狂，一邊拉扯女兒的頭髮一邊痛罵：「妳懂什麼？我已經犧牲自己回到這個家來照顧妳爸爸那個老頭子，還有妳這個不肖女，妳懂什麼？妳憑什麼這樣說我？」

是的，我媽媽什麼都不懂。她只懂得，眞正愛一個人愛一個家，就應該像過去十年爸爸那樣照顧她，保護她，從來沒有讓她遭受任何身體與心靈上的傷害。愛一個人這麼簡單，不需要講道理，也沒有道理可講，最簡單的事情可以被她的母親弄成這麼難，這才是我媽媽不懂的地方。

老爺不知道我媽媽挨打的事，只是常常看到女兒清晨醒來睜著一雙紅腫的眼睛，問她怎麼回事，是不是過敏？我媽媽點點頭默認所有的理由。這個家的母親，老爺的妻子，每次發完酒瘋就離開家，也不知道投奔那個朋友或親戚或旅館，消失得無影無蹤，有時候兩三天，有時候要等到半個月以後才會回來。

有一次她跟她爸爸說：「可不可以，回到只有我們兩個人的家？」老爺的頭髮已經漸漸發白，腰桿不復當年英挺，他深鎖眉頭，即使已經在島上居住了三十年，還是改不掉濃重的鄉音，說著：「傻孩子！爸爸已經六十歲了，不知道還能照顧妳多久，萬一爸爸走了，妳一個人無依無靠，至少還有個媽媽，這樣我也比較放心。」

媽媽當場就哭了，她不敢對她爸爸坦白承認她不想要這樣的媽媽，她只希望她的爸爸永遠不會死，就算生離死別的那一天必定來臨，她也要跟著她爸爸一起走，或者，自私地死在他之前。

十二歲的女生，月經剛剛來潮，乳房開始發育，旺盛的荷爾蒙讓她皮膚光滑細緻，玲瓏嬌媚；青春期的女生，思想逐漸啓蒙，卡夫卡、福樓拜、赫曼赫塞到托爾斯泰，人生是一條變形的蟲，控制不了情欲，只好在流浪中求道，美麗的女人下場都很安娜卡列尼娜，卡謬說薛西佛斯的神話，最嚴肅的哲學問題就是自殺。判斷人生值不值得活下去，才能回答哲學最根本的問題。

如花蕾初綻的年歲，卻已經傷痕累累，她只是安靜的做她自己，命運卻最愛挑選沉默的童女做最殘酷的試煉。

五分之一甲子的人生，最初與最終的依戀都是父親，而他行將就木，多病老殘的軀體注定會先她而遠離人間呼吸，到那一天，她還有力量告訴自己，薛西佛斯的勇敢不只在於推動巨石上山，而是能夠更從容的面對登高之後的墜落，周而復始，實踐人生的悲歡交集？

她割腕，用鋸齒狀的切麵包刀割斷血管，肉體的痛楚遠遠不及心痛的萬分之一，人生是永無止境的背棄，從她兩歲最天眞的年紀開始，她連一句完整的語彙都還說不清楚，只會咯咯歡笑，伸手擁抱每一個對她示好的人，智識未開，觀望萬事萬物皆良善純潔，卻被任性的母親判下放逐的罪刑。年邁的老父親，癡癡等待他最愛的女人回頭靠岸，無意識於港口的狹隘，早已容不下那女人的漂泊心。

她吞藥，她在圖書館裡看遍藥物概論，知道父親的心臟病藥舌下含片中有硝化甘油，與高血壓藥物一起服用，可以讓血壓降低，休克，致死。她的人生早已經在一連串的羞辱、毀滅、遺棄、欺凌中苟存，知識的力量讓她思想得以短暫高飛，肉體依然在人世間飄零，忙碌而沉默的父親，酗酒又暴力的母親，張牙舞爪橫眉冷語的鄰居，學校裡只要求考試第一名的老師。她沒有良師益友，沒有童年玩伴，沒有爺爺奶奶也沒有九族三代，她一個人，跟她父親一樣，後者是一九四九年之後離鄉背井，她是兩歲以後只有自己。孤獨與寂寞是殘疾二人組，稱兄道弟，她卻連妹妹都是想像中的手足，只爲了分擔傷痛而假裝擁有的血親。

兩次都被意外早醒的父親發現急救送醫，老先生坐在病床邊的椅子上，雙肘著膝，掩面於一條純白色卻久經使用而泛著黃漬的手帕裡。薄薄的手帕柔軟而濕濘，那是父親整晚的淚液。

出院以後兩個人都沒說話，老爺走在前面，爲她開門、關門，然後走進廚房，幫她熱了一鍋白稀飯，盛了一點肉鬆，切了一顆鹹蛋，叫她來吃飯。她的父親靜靜的坐在餐桌旁，也吃了一碗，看著女兒拿著筷子半天不夾菜，勸她多少還是要吃一點食物進肚子裡。

「孩子！爸爸只有妳一個女兒，妳要是不聲不響的走了，叫我怎麼辦？」

父親低著頭，彷彿自言自語。她的兩行眼淚又流過了臉龐。

人活著，並不只是爲了自己。那一刻，她明瞭了愛一個人就要爲他推石頭，即使日復一日的絕望，只要愛人能從她身上得到一點安慰，她就算是體無完膚也能感覺到自己正在走向光，而心滿意足。

三

我相信我的母親，也不會無聲無息地從我的生命中完全消失，她只是需要三天的時間，沉澱她的心靈。

一個傷痕累累的人，最終的願望可能只是想要平靜，讓傷口自然結痂，脫落，癒合。再也不要看到露骨的血肉傷痛。

她如果按照自己一廂情願的規劃，名校碩士學位，百大企業任職，買一棟安居的房子，讀書至終老，讓幽禁在心中黑黑房間那永遠長不大的童女無喧無鬧地陪伴她，到老，到死，或者也可以稱作幸福。但是她遇見了我爸爸，那個賠光了所有的財產還能戲謔自己是無可救藥的樂觀主義者；還有，我的外婆，也就是她的媽媽，當床頭金盡年華老去，最終認清現實，只有最初占有她身體的那個老男人還在無怨無悔地等待她，而俯首願意回到父女相依的家庭。

離家的外婆再一次歸來，用行動表現她的決心，她安安分分地在家裡照顧老爺，雖然嘴巴還是常常嘟嘟囔囔的抱怨東抱怨西。

那是我媽媽這一生中，最單純最快樂的時光；那段期間她事業得意，家庭幸福，父母健在，經濟無虞，她跟著朋友去龍山寺拜拜，朋友拿給她一把香，囑咐她對著老天爺許願。許什麼願呢？母親這一輩子沒有願望，她只想過著寧靜安全的生活，就像現在這樣，她已經很滿足。於是她對老天爺說，讓社會國泰民安，沒有戰爭，沒有一九四九的歷史遷徙，沒有苦難，沒有饑荒。只要國家富足了，大家都有飯吃，都能平平安安的過日子，她也能夠跟著雨露均霑，這就是她的願望。

朋友笑她傻，龍山寺許願最靈驗，她應該多要一點財富健康與名望。

她微笑沒有反駁。如果沒有老父親的愛，她不會活到現在，如果她還值得擁有更多的財富健康與名望，她願意全部送給父親，她甚至好幾次在佛祖面前想著把自己未來二十年的壽命轉贈給老爺，讓她的父親多活一點，她少活也沒關係。

可是老爺還是走了，在我出生一歲四個月的母親節隔周周末，他在睡覺的時候斷氣了。

我對老爺其實沒什麼印象，雖然媽媽在我出生之後，每個星期都會帶我回娘家探望老爺與外婆。外婆那時候偶爾還是會喝點小酒，但是大部分時間都能夠保持清醒，足以勝任居家照護八十歲老人的任務。

我們一家人圍爐吃飯，話題幾乎都圍繞在我身上，一天拉幾次便，會說多少話，吃了哪些副食品，有沒有按時洗澡，上次感冒治好了沒有，拍背護理可有效預防支氣管瘀痰。他們這一家人沒有共同的記憶與過去，只能在我的身上寄託希望未來與重新建構家族歷史。

老爺挺喜歡跟我聊天，他用鄉音說故事，我用僅有的字彙回應，我倆一搭一唱，消磨午睡醒來之後距離晚餐還有二、三個小時的下午茶時光。有一次老爺突然跟我媽媽說：「這孩子沒有喝孟婆湯。」媽媽問他為什麼？他卻微笑不語。媽媽繼續問：「安安都跟你說了什麼？」老爺還是不回答。我媽媽不是個愛跟人家要答案的人，她連命都可以輕易的放棄，更何況是她的老父親福至心靈突然想說俏皮話，逗她開心的遊戲，因此她後來也沒特別把孟婆湯的事情放在心上，直到老父親過世之後，才想起了這個祕密，而感覺到某種耿耿於懷，絲絲相連割捨不斷的情緒。

從我兩歲開始能夠稍微有條理的運用語彙表達目的之後，她即開始不斷地追問我：「安安，你記不記得老爺臨終之前到底跟你說了什麼？」

我說我知道，但是老爺要我不能說。

媽媽也算沉得住氣，她平均三個月問我一次，總是在季節轉換時，傷春悲秋之際，忍不住在心中油然而生這道謎語，到底那個忘記喝孟婆湯的下午，咱爺兒倆究竟說了些什麼前世今生的話題？她耐心等待，直到兩年之後，終於等到我的答案。我看著她欣喜若狂的眼神，明白老爺與我之間的祕密，對她來說有多麼重要。她這一生的命運與她父親緊緊相依，兩人之間卻始終沒有羅曼蒂克的交集。老爺年輕的時候也許倜儻風流，但是成家之後雙肩挑起了重任，他變身成為工蜂般活著，父代母職養育唯一的女兒長大，忠心耿耿地等待逃家的年輕妻子回頭。他沒有祕密，如果一定有，我母親也猜得出來，那就是他始終愛著他的妻子，這份愛直到他斷氣之前都沒有改變。

於是我跟我媽媽說：「老爺最後跟我講的話是，妳聽好喔，妳仔細聽喔，那就是『一二三四五六七，七六五四三二一，一三五七九十一，二四六八十十二。』」

我媽媽笑了，她苦苦追問我好幾年的疑惑，終於在今天得到玄妙的回應，我是逗她開心也好，紀實的回憶也好，在媽媽的笑容裡，我看到她認眞又哀傷的眼神，老爺已經走了，不管有沒有祕密，他都不可能死而復生親口告訴她答案，她什麼依靠都沒有了，只有我這個小男孩，至少還會想辦法讓她開心，逗她笑。

我還記得老爺在人間的最後一個周末，我媽媽帶著我遵循行事曆回到老家。那棟公家配給的小平房，二十坪的房屋面積卻有著三十坪的花園綠地，木頭窗櫺與傾斜式的磚瓦屋頂，老房子三十年前就分配給老爺居住，直到三年前我媽媽才存夠錢將整間房屋重新整修，刷新壁癌的面積，解決了屋頂漏水的問題，還讓浴室裡有水溫穩定的蓮蓬頭，不必再另外燒熱水放進浴缸舀起來洗。

「我這一輩子都是有福的！」老爺微笑的說：「雖說少小離家，但是從逃難開始一路上都有貴人幫助我，先是高中老師把我們帶到大後方，後來加入海軍陸戰隊，跟著國民政府到台灣，然後考上軍醫，可惜我沒有本事念完，但還是考取了高考，有個穩定的工作。妳還記得嗎？妳出生之後兩個月，我就考取了高考，妳帶給我很多的幸運，現在我有個家，有老婆孩子，生活過得平穩踏實，老家也都安頓好了，我活到八十三歲，可以這樣無牽無掛，妳說，我是不是最有福氣。」

但我媽媽跟他實話實說，陳水扁上台之後，到處廣闢財源，最厲害的一招就是變賣公家宿舍的土地，把所有的老公務員趕出宿舍自生自滅。她已經聽到太多例子了，而且，這個新政府已經售盡大塊面積的公家宿舍土地，現在國有財產局已經鎖定老家這塊畸零地，作爲下一個斂財的目標。媽媽沒有說出口的是，想要在這裡善終安老的念頭，很有可能，無法實現。

老爺聽著我媽媽的論調，靜默片刻，神色飄逸悠悠然彷彿從遠古的記憶中甦醒，用最堅定的語氣跟我媽媽說：「不會的！政府說過照顧我們一輩子，就會照顧我們一輩子。」

政府已經變了，不再是老爺過去所信仰的青天白日，媽媽很想再跟她爸爸說實話，但是看見滿頭白髮老邁蒼涼的父親，他知不知道自己這一生所信仰的價値都建立在隨時可以崩解的政客謊言？我們明明窮得買不起房子，只能把這間隨時會被政府收回騰空標售的眷舍整修改建，住得現代化一點，他就覺得這是一種福氣；廚房裡忙著進進出出的那個老女人，二十年前還在其他男人的臥房裡進進出出，只因爲最後頑石顯靈願意回來照顧他，他也覺得這是一種福氣。那些曾經在患難時相濡以沫的師長朋友，都像父親一樣是在傳統中國文化裡飽浸儒學教育的才俊，「士窮不失義、達不離道」早已是內化的教養，他們的恩惠對於父親來說依然是福氣。

「孩子！答應爸爸最後一件事。」老爺坐在他平日最喜歡的木製高椅裡，望著她的寶貝女兒和這個被他稱讚永遠只會笑不會哭的外孫。他的雙腿因爲下肢動脈硬化造成行走困難，只有這張堅固的太師椅可以讓他安然起身，走回自己的房間。但是此刻，他靜靜坐在椅子裡，神態平靜地彷彿只是單純地想要表達關切我們午餐吃飽了沒有之類的問候語。

他說：「我走了以後，請妳不要再恨妳媽媽。無論她從前對這個家做了什麼事，現在她願意回來照顧我，幫我洗澡，剪腳趾甲，做菜燒飯給我吃，幫我去榮總拿藥，陪我看醫生，就算平常還是會發點牢騷，但我已經很感激她。這些事情，我從來都捨不得讓妳做。所以，請妳看在妳母親照顧我後半生的情分上，我死了以後也不要拋棄她。」

「你不要亂說，你不會死。算命先生說我五十五歲才遇喪門，你還會再活二十年。」我媽媽倔強的回答。

「傻孩子，再過二十年，我都一百零三歲了，誰能活這麼久？」

我媽媽忍不住流下了眼淚。她這一生的死穴就在父親。

「好孩子，乖！不哭了。好孩子！」

好孩子那三個字，是我老爺最後跟我媽媽說的一句話，也是老爺這一輩子跟我媽媽說過最多次的話。

小學總成績第二名畢業；好孩子。北區游泳比賽得到個人四式銅牌；好孩子。路上撿到一百塊交到警察局；好孩子。要交物理化學的補習費；好孩子。理化考不及格；喔……好孩子。沒考上公立高中；喔！條條大路通羅馬，好孩子。我要念國立藝術學院戲劇系；好孩子。我要休學了；好孩子，但是，還是要念到大學學位才有保障啊。我轉學考上台大了；好孩子。我要嫁給一個離過婚的男人；想清楚啊！好孩子。

好孩子……。

她把補習費全部拿去看電影，在不及格的成績單上偷學爸爸的簽名，念大學跟初戀男友發生婚前性關係，飆車夜遊被警察臨檢，在迪斯可舞廳抽菸喝啤酒，舞台劇裡演小太妹開口閉口「幹您娘」講上了癮，對著過站不停的公車司機怒吼這三個字讓路人都嚇壞神經。

她心裡知道她不是個好孩子，只有她父親相信她，自始至終是個純潔無瑕的好孩子。

好孩子……。她也這麼呼喚我，在每一次我做對或做錯事情的時刻。她說做對了要記住，做錯了要改進，人生有高有低，不可能永遠都對或永遠都錯。只要將犯錯的事降到最低，正確的事做到最多，這樣就可以稱作好孩子了。

什麼才是正確的事？是校規？是憲法？是教條？還是那些陳年八股的道德約束？這要問你的心，無論做了什麼事情之後，心還能夠自由，那就是正確的事。

好孩子！

我不要做好孩子，我只要我的好媽媽。

我的心就是她的心，她快樂我就快樂，她憂傷我也憂傷，她要推巨石上山我會跟著使力，她要走向有光的地方我也會牽著她的手，即使旅途中要穿越冥河我也不會擔憂，因為我不會像奧菲爾斯不信任地獄之王黑帝斯的允諾而回頭。我相信我的母親，從我只是零點一公厘的受精卵開始，即使我的太初原始之地是在她最缺乏安全感的子宮裡，但是她仍然能夠勇敢地用肉身容納我，護衛我，滋養我，愛我。即使歷經漫長的韶光移轉，受精卵已經骨肉齊全發育為一個正常的男人，仍然純粹的愛著，愛著我最原始最無羈最貞潔的童子孕育之身，靈魂的來源。

「讓我幫助妳。」當我再見到我媽媽的時候，我最想跟她說這句話。就像我十歲時試圖將她高高抱起，雖然只有三秒鐘，但是我是這麼光榮，這麼神氣，我可以抱得動我媽媽，以後換我照顧她。

「我會用妳愛我的方式來愛妳。」我將大聲向我媽媽說。

因為，愛就是愛無所畏懼，尤其是克服了對愛的恐懼。

當我看到媽媽的最後一篇小說，我明白了她對愛的無有恐懼。即使不相信幸福，即使幸福的羽毛不會像詩一樣落入阡陌，也會將希望棲息於靈魂之中，唱著無詞的曲調，永不止息。

牆

我是一堵牆。傾城之戀裡的那堵牆。我看盡人世滄涼。幾十年我沒有倒，幾百年我也不會老，我幽遊在時間的長河，我停滯在空間的原點。我沒有愛，也沒有恨，我悄悄聽著戀人的絮語，藏進我的骨子裡。

「傾城之戀裡的主角怎麼會變成那座牆？」編劇不解地問。

「白流蘇跟范柳原之間的愛情，就是讓那麼一個他媽的在戰爭中隨時可能倒塌的牆給硬拗在一起，除此之外都是情欲遊戲！」導演說：「傾城是一時的，愛情才是永遠的。白流蘇跟范柳原只是兩個發癢的屌跟屄，都是用過的二手貨，想上床又不敢直接開口，還在那裡搞什麼『執子之手、與子偕老』的曖昧，一點都不乾脆！」

導演點起一根菸，在朦朧的煙霧之中看我。

——你以爲我不知道，你總是在旁邊偷偷的看我，我低著頭，明白你的眼神正在我的髮際穿梭，你在等待我的眼睛嗎？我偶爾試探性地抬頭總是會與你的瞳孔相遇，你並不躲避，你只是皎潔地望著我，五秒鐘，然後轉移視線。你找我來演這片牆，我答應了。在此之前，我是個在安親班教作文的兼任老師；在更久之前，我是舞台劇演員；在更久更久以前，我曾經是你的同班同學。

「我現在想要做一種新的嘗試，一種脫離張愛玲魔咒的嘗試。」導演繼續說：「爲什麼只要講到傾城之戀，好像全世界就只剩下白流蘇跟范柳原這兩個人？徐太太呢？那個年代怎也會出她這樣一個貴婦皮條客？你以爲她眞心爲白流蘇好？爲范柳原著想？她根本就是一個吃飽了沒事幹，閒閒在家拉皮條的貴婦人，玩弄上流社會人士的情與欲，等著看好戲！」

——所以我必須演出這座牆，我在一個最堅硬的高點覷眼紅塵，擋住人們的迷離幻慾；在亂世中，只有我是孤然挺立。

導演繼續說：「就是這座牆，看盡人間故事的一片牆，才是我心目中眞正的傾城之戀的主角。」

你導戲時總是看著這座牆，看著我。你爲這座牆寫了許多獨白，你爲我寫了很多詩。

——而我心裡只能有一個范柳原！你知道的。很久很久以前我就告訴你，我沒有家，沒有親人，我的生命只敢去賭一次永恆的愛情，我要一個像牆一樣的男人，而不是像風一樣的你。

我是一堵牆，一堵無法進入也無法穿出的牆；我是泥土，可以融化戀人的誓言；我是情欲，可以占據戀人的身體。我是打坐的精靈。

導演說：「我心目中的白流蘇應該是個悶騷的女人，她有一顆二十一世紀的心，卻活在十九世紀的女人身體裡……。」

說到這裡，你突然停住，直視我的眼睛，問：「妳覺得呢？」

——你在試驗我，你知道我的故事，我曾經體驗過繁華的滋味，但是最後我選擇遠離。

於是我低下頭，只回應了一聲：「嗯……。」你接著說：「後來我才發現，妳身上有一種與白流蘇很雷同的氣質……。」我忍不住微笑：「你是說，我也愛低頭嗎？」你吐出一口菸，說：「不是。」

——我沒有再追問，我不善於發問。疑問是留給梳著兩條麻花辮小女孩的專利，那會是一種令人疼惜的天眞；到了我們這個年紀，太多疑問只是暴露了自己的短處，消滅人與人之間最後的興趣。

於是我說：白流蘇是個愛開玩笑的女人。你問我為什麼？你瞧，小說裡白流蘇這樣對范柳原講話：「你最高的理想是一個冰清玉潔而又富於挑逗性的女人；冰清玉潔，是對別的男人，挑逗，是對於你自己。如果我是一個徹底的好女人，你根本就不會注意到我。」她不但愛開玩笑，而且都是機智的玩笑話。

你又點起一根菸，在煙霧繚繞中，凝視著我。

——白流蘇什麼都沒有了，只剩下矜持是她唯一的保護色，禮教制度中的自尊是她最後的財富！她這樣的說法，對自己是無傷的，對范柳原則是一種侵略，她在測試對方的底線，到底想要走到多遠，走到多裡面。

她已經一無所有了。你說。人在一無所有的情況下，通常會產生兩個極端，一個是維護尊嚴，一個是販賣尊嚴。白流蘇一開始是維護尊嚴，但是當她第二次來到香港的時候，就是販賣尊嚴了！然而，到頭來，兩個極端的結果卻都是一樣的。到底張愛玲最終還是安排了皆大歡喜的結局，白流蘇賣掉的尊嚴，後來還是撿回來了。……如果白流蘇可以選擇呢？有沒有什麼方法是維護尊嚴，又不必販賣尊嚴的？

她能有什麼選擇？

你說：「例如……選擇范柳原以外的第二個男人。」

我是一堵牆，極高極高的牆，望不見邊。我是一堵使人想起地老天荒的牆。有一天，當文明毀滅，所有的一切都燒完了、炸完了、坍完了，也許還剩下這堵牆。如果那一天眞的來臨，除了牆之外，還有誰保存著眞心？

導演會在排戲的空檔假裝不經意地問我：「哎！妳男朋友呢？怎麼好久沒來看妳排戲了？」

——我該怎麼跟你解釋，我們的愛情，不是建立在朝夕相處。

「他到底跟妳求婚了沒有？」你在喝下一瓶紅酒之後問我。

——他是一個沒有心靈伴侶的男人，在最孤獨的時候，遇到了我。我是一個沒有父親的女孩，在最無助的時候，遇到了他。相識十年，是友情也是激情，是愛情也是親情。他是第一個陪我看月亮的男人；是第一個約會半年都不敢碰我手的男人；是第一個認真聽我說完童年創傷的男人；也是第一個念詩給我聽的男人，他最喜歡「但願人長久，千里共嬋娟」，雖然他總是記不住，這是詞，不是詩，而且上半闋是「人有悲歡離合，月有陰晴圓缺，此事古難全」。

「他比妳大十五歲耶！他老得可以做妳爸爸。」你說。

——我是在尋找一個父親。年輕的男人太漂泊，只有歷盡風霜的人才懂得問：「告訴我，妳到底在怕什麼？」我怕什麼？「是的，妳在怕什麼？」……我害怕……幸福。幸福來得太早或太晚都是不幸。他總是安慰我：「不管來得早或是晚，它總是來了。」那時我想說卻說不出口的話是，對我而言，幸福來得太早了，我還不懂，來得太晚了，恐怕無緣消受。這就是我最害怕的事。

——你爲什麼要這麼認眞地聆聽呢？我只不過是你戲裡的一座牆，一座有著內心獨白的牆。你幫朋友從安親班接小孩回家的時候遇到了我，距離我們上一次見面，至少有十年了吧！當我們還是大學同學的時候，你總是喜歡捉弄我，開玩笑說將來我如果嫁不出去就勉強跟你攪和在一起；可是你說完之後卻跟另一個女孩同居。畢業之後，我在劇場工作，你退伍之後曾經來串門子，那次我看到你跟你笑著打招呼，你卻轉身離去。你不記得我了？十年後你成爲名導演卻又憶起了我，我要認識哪一個你？

「張愛玲的小說禁得起時代的考驗，就是她在人性與情欲這一方面看得比誰都透徹！」你說：「妳不要害怕！經過了八十年，范柳原已經不是范柳原，白流蘇也不是白流蘇，再過八十年，我也不是我，妳也不是妳，世間所有的事都會被重新解讀，重新建構，這就是人生，這就是我看到的傾城之戀。」

你握著我的肩膀：「所以我的傾城之戀需要一座牆，一座眞正的，愛人的牆。」

——他在紐約的辦公室打電話給我：「再過二十個小時我就到台北了！現在的感覺，就是妳所謂的最近的距離吧！聽著妳的聲音，看著妳的照片，彷彿在妳的身邊，忘了我們中間隔著太平洋……。所以我不喜歡妳說關於幸福來得太早或太晚的事，妳要相信幸福一定會來得剛剛好，就像我們認識的時機剛剛好，就像我們之間的關係也是剛剛好；一切都是剛剛好的時候，就是最好的時候了。知道嗎？我也懂詩的，什麼『一顧傾人城，再顧傾人國，寧不知傾城與傾國，佳人難再得。』他說到這裡就停住了，我問：「所以呢？」

就是這樣了。

我輕輕笑著，問他：「那麼沒事了？」他說沒事了。沉默了幾秒鐘之後，他說：「我愛妳。」我笑他俗氣。他說：「我想妳。」我笑他更俗氣。他又說：「我要妳。」我笑他二十倍俗氣。他在電話那一頭輕快地笑出聲來：「我要準備去機場了，妳等我，我馬上就到。」我問他，你怕什麼？他說：「我怕我的幸福到處亂跑。」

我是一堵被命運遺忘的牆，牆上沒有窗。當一株籐花從上面吊下，擋住了我的容顏，也許是玫瑰，也許不是。而我只能聞到花香。

「白流蘇不接范柳原的電話是傾城之戀裡最關鍵的一場戲，你竟然要全部改成牆的獨白！我再也看不下去了……。」編劇氣得甩劇本。

「這是古今中外最他媽難導的一場戲，我改成牆的獨白是一種創新。」導演說：「在這個世界上，永遠沒有一個能夠滿足所有人的白流蘇，也沒有一個符合任何人想像的范柳原。這場調情戲，是范柳原跟白流蘇正式宣戰的回合，也是他第一次，大膽說出他心裡眞正想要說的話，就是『我愛妳』這三個字。白流蘇的心裡面小鹿霹趴亂跳，卻慌亂到掛斷電話！白流蘇當初爲了錢才看上范柳原，兩個人搞曖昧搞了半天，終於要修成正果，但白流蘇還是不能把底牌全都掀了，她要等他的承諾！懂嗎？這場最高境界的調情戲，在我心裡，沒有一個劇場演員演得出來，所以我要讓牆說話，讓最鐵石心腸的泥巴說出人間最甘甜醇美的這句話，就是愛。」

——你每次說到愛都要找尋我的眼睛，彷彿那個字只有我聽得懂。你一直都這樣看著我，光明正大的看，也在暗地裡看。我曾經試著回望你的眼神，半天不語，然後你認眞的問我：「爲什麼不再演戲？」那個年代，第一次當演員是機運，繼續在這圈子打滾需要付出很大的代價，我玩不起。你在呑雲吐霧之中深呼吸著那白靄縹緲的煙氣，最後吐出這一句：「妳眞他媽的是一堵牆。」

「所以我不要從范柳原的口中說出：『好像我們自己做得了主似的』這種向命運妥協的話，我要讓牆說話。」導演對著編劇解釋。

「你瘋了。」編劇回答。

「我是瘋了！但請不要鄙視瘋狂，所有的天才都是瘋狂的。所以瘋子最怕遇到那座不動如山的牆，就像命運的使者最怕碰到不相信命運的人。我有我心中的白流蘇，沒有任何人可以取代的白流蘇，我的白流蘇不玩弄機巧，她不會給當給男人上，她也不會上了人家的當，她不是張愛玲筆下那殺了她都還嫌汚了刀的雙料淫惡，她是……她是……。」你瞄了我一眼：「她是在這不可理喻的世界裡的一則傳奇，她是一抹牆上的月光。」你有點激動的說。說完之後，這次，你認眞的看著我：「妳心目中的范柳原呢？」

——你知道嗎？你刪去的那一大段范柳原打電話給白流蘇訴說愛的台詞，卻是傾城之戀裡最讓我動容的劇情。張愛玲筆下的范柳原是個不斷遁逃的男人，在語言上閃爍，在行爲上乖離，在感情上不信任自己。白流蘇也在逃，只是她逃進了范柳原的手掌心，向自己的感情低了頭。

你沒有得到回應，表情也變得冷漠，你說你好歹也是個得過獎的導演，知道怎麼安排你的戲，也知道怎麼安排你的人生！你承認自己唯一的盲點，是你自己也走不進你的感情世界，因爲你不知道你要怎樣的女人。你最後靦覥一笑：「我覺得每個男人都像范柳原，……應該這麼說吧，套句大導演李安的公式，就是每個人心中都有一個范柳原，如果按照這樣的邏輯，就是每個男人多少都有一點范柳原的影子，而每個女人，心中多少都有一點關於范柳原的遐想，是不是？」

——他上次與我見面時，也這麼跟我說：「妳知道嗎？我有一個很奇妙的領悟。如果有人說，我爲了得到妳的肉體而假裝說愛妳，但是這種假裝如果持續一輩子，假了一輩子沒有改變，是不是也變成眞的？如果爲了某些矜持，而不敢把心中的愛說出口，就算『我愛你』的情感是眞的，但是悶了一輩子不說出口，這樣的眞，不也變成假的？」他不輕易跟我說愛，他只會在聊天時透露他的情感，他說他跟我是同一種人，是那種不會越界的人。我們都知道生命的底線在哪兒，我們都是會在關鍵點煞車的人。因爲，生命中有些價值是很高貴的，是無法被金錢收買的，這種價值，稱呼它道德也好、倫理也好、靈魂也好，總之，我們在心底的最深處，有一部分是結合的。

——他在滿月的光輝下，看著我的臉：「像我這樣歷經滄桑的男人，已經沒有別的祈求。跟妳說話，是我生命中最重要的事，跟妳在一起，就是我的幸福。」

——我在自己的生命裡不斷逃亡，最終逃離不了月光。他說：「我的辦公室，在時代廣場附近，我在上東城有間公寓，走路就可以到中央公園，再多走一點可以到紐約市立圖書館。妳來了以後，我們可以一起散步，一起讀書，等妳習慣了，不妨再找個學校進修，等念完學位，這次不要再教小朋友了，試試看教大一點的學生吧！說不定，妳有了孩子，就要學著教教自己的小孩……；我們直接在市政府公證，妳只要會說I do就可以了……。」

「假了一輩子的眞，眞了一輩子的假……。幹！他比我還適合當導演。」你喝完第二瓶紅酒之後，滿臉通紅的說。

我是一堵牆，一堵在戰爭中存活的牆。海邊的風從未眞正停息，月光中的銀鱗經常出現在夢境，歷史不會因爲砲火停止前進，它的眼淚融化在雨裡。我是一堵愛哭的牆。

桌上的日曆還停留在公演的第一天，他說他一定會來，但是戲演完了，幕落了，他始終沒有出現。隔天的報紙頭版刊登國際航線飛機失事，行經北美大陸的一個城市不幸墜落的消息。我試著告訴自己他並沒有登上那班飛機，我寧願相信他選擇了另一個更適合他的女人，陪著他在遙遠的美國酌咀遙遠的幸福。

「叮鈴鈴……。」門鈴響了，剎那間我以爲是他終於出現了，我抱著猶豫慌張又驚喜的心情去開門，卻看見你站在門前。你的雙眼紅腫，起初我以爲你是熬夜加上酗酒，但是當你一開口，哽咽鼻塞的語音才讓我發現，其實你是哭腫了眼睛。

「我在你家樓下等了一夜，我想跟你說，你不要哭！但是……。」但是，卻是你一邊說話，一邊掉眼淚：「我……我……，我曾經偷偷希望他死掉，希望他心臟病發作、或糖尿病什麼的，但是我沒想到，我沒想到，會是這樣子……。」

你走上前來，拉住我把我擁入懷裡，你用雙臂緊緊箍著我的身體，將頭埋在我的肩膀上：「這樣的場景，我幻想過好多次……，從沒想過會是這個樣子……。」你不斷啜泣，你比我還傷心。

這樣的場景，我也幻想過好多次，當我們還年輕時，你第一次在舞會中牽著我的手，帶著我繞圈圈，你一直笑盈盈地看著我，卻什麼也不承諾。然後我看著你一個接著一個不斷地換著女朋友。你喜歡我聽你說故事，換成我說故事的時候你就逃走。你找我來演這座牆，其實不是一座牆，我演的是你。

你寫給我的詩向來都只有開始，這一次，讓我為你譜上終曲。像風一樣的你，穿透塵埃穿過牆，呼吸在光中，飛翔時才能自由，你應該張臂擁抱天空，而不是我。

請容我將愛與他一起浮沉。他不會繞圈圈，他禪定般矗立在月亮下，凝視我的臉，一切愛欲貪癡，都在月光裡溫存。他的聲音堅定而真誠：「妳等我，我馬上就到。」這是他生命中第一次，也是最後一次對我說謊。我知道他的聲音不會再響起，我也知道他在那座傾覆的城市裡，他在成千上萬的人裡。

但成千上萬人裡，我只遇見了他。

我用盡一生的勇氣打開我的心房，他用盡一生來愛。

城傾了，牆倒了，再也沒有獨白。

我是一堵牆，傾城之戀裡的那堵牆，我們在最美麗的時刻相遇，沒有開始也沒有結束，當你經過我身邊，請別說任何一個字，我將獻上最寧靜的凝視，然後將一切，深深埋在眼眸底。

四

這是最後一篇小說了。我將停止閱讀，停止翻書的動作，停止在文字裡找尋底細。但是，不會停止我的愛，即使她決定放棄，我一如初衷，跟著我的心。縱然呼吸停止，心也不會冷卻，縱然這顆心曾經千刀萬剮，愛仍然可以自由。

肉身只是軀殼，日夜顛滅，就像頭髮與指甲，長了都會修剪，眼淚哭過了會乾，捐血一千西西之後人體會重新再造，破皮結痂傷疤痊癒之後會長出新肉。曾經我從她小腹底端十公分大的傷口裡破出，替代掙扎通過陰道的生產過程而來到人世，如今腹部的傷口亦平整如少女般潔淨，無孔無縫。

生病了都會好起來，記得嗎？我在嬰兒時期屢經重病與手術治療，終能成長為一個健康的青年，我的腹部也遺留著輕微的手術痕跡，但是我從來沒有惋惜我的盲腸，也不會耿耿於懷後悔追憶腎臟裡的顯影劑。還有我的脊椎，就是人們俗稱的龍骨，被醫生連續穿孔兩次抽取脊髓液化驗腦膜炎細菌，更別提十二歲那一年，從腳踏車上摔下來斷了脛骨，拐行數月之後依舊康復。

有一次我們在車上聽到救護車呼嘯的音響，媽媽趕緊將車子減速靠邊讓救護車經過。我無心之言說：「好久沒有看到救護車了。」媽媽回答我：「看到救護車並不好，那是送著一些快要死或需要急救的人去醫院。」她深呼吸一口氣，接著說：「生死是一個很難看透的哲學議題。其實生與死並不可怕，最可怕的是傷心。」

「像老爺一樣。」我說。

「是。老爺死了，我很傷心。伊伊死了我很傷心。我並不害怕死亡，終有一天我也會去跟他們相聚。我只是很傷心自己為什麼不多待他們好一點。我也常常想，我應該對你爸爸好一點。」

「所以妳還有機會。」我說：「爸爸才五十歲，還很年輕，妳有機會再多對他好一點。」

我在媽媽的日記裡看到這段書寫，記載當時只有七歲的我與她之間的對話。七歲的我，與媽媽七歲的時候一樣，渴望一個幸福美滿的家庭。

小女孩長大以後，文字裡卻都是悲哀的記憶，幸福的距離越來越遙遠。曾經她以爲在愛情中尋找到另一個父親，那個意氣風發，從美國華爾街回到台灣創業的男人，誓言要在墓誌銘鐫刻「這裡躺著一個終身爲理想奮鬥的樂觀主義者」，卻忽略了台北市早已經禁止土葬，靈骨塔的小方格只能用蠅頭小楷寫出以上的論述，需要放大鏡才看得清楚。這個樂觀主義者，五十五歲之後在酒精與電視機之間迴旋，日復一日。他發願要在五十歲生日之前鍛鍊成功結實的腹肌，現在依舊是飽滿摺疊的鮪魚肚。我長到十二歲之後，他再也無法陪我打籃球，就連運動範圍只有籃球場二十分之一的桌球，也讓他氣喘吁吁，五戰三勝的局數還沒打到兩場，他就需要休息。我在網球場上揮拍，他在旁邊散步撿球；我在游泳池裡來回練習自由式的肌耐力，他在旁邊的熱水按摩池裡泡泡浴。

我不羨慕我的父親。他常常告誡我男人需要戰場，但是我看不到他枕戈待旦的精神與武器。我越長大越發覺父親的形象也只是一種符號。

所以媽媽才想要變成一座牆吧！

在那些青春熱血激昂流逝的歲月裡，愛得那麼專注，如此誠懇，意念堅定地相信對方所言所語，把他當作自己的天地帷幕。那小女孩徘徊在光的邊緣，世道蒼茫，人情殘酷，只有那個男人願意對她伸出雙手，說「我愛妳，就是妳。沒有階級沒有種族沒有家世沒有血緣沒有任何意圖，就是愛妳。」

那是靈魂對待靈魂的方式，我的父親曾經那麼眞，在他堪稱年輕的時候。歲月擺盪，肉身一天一天老去，靈魂跋涉過時間的坎坷究竟是淬鍊或是磨鈍？是刨出光亮還是留下傷痕？是越磨越圓的海邊鵝卵石或是有稜有角的山間岩壁？

或者以上皆非與皆是。

我十歲的時候，曾經要求媽媽允諾不再生小孩，我要做她的唯一，獨占今生最摯愛的位置。我媽媽笑著問我：「你不要一個弟弟妹妹，等你長大以後，有人可以跟你談心？」我說：「我長大以後跟我老婆聊天就好了。」「萬一你老婆是個只要你買東西給她的女人怎麼辦？」「我要娶一個像媽媽一樣的老婆。」我堅定的回答：「萬一她變成愛買東西的女人，我就會把我所有的財產全部捐出去。」

她笑而不語。

然後我一天一天的長大，到現在具備了可以娶妻生子的身材外型。她最後一次看到我的性器官是五年前，因爲包皮發癢的緣故，她教我如何在陰莖上塗藥，然後順理成章問我要不要去割包皮？她說這個問題從我出生六個月急性尿道發炎之後就一直困擾著她，現在終於等到了小兒科醫生建議最適合割包皮的年紀，時間就定在暑假，我割了包皮之後最好每天在家不穿內褲晾小雞雞，大約一個星期的時間就可以痊癒。

我臉紅耳赤不好意思回應。也不過兩年前，我還要我媽媽幫我擦屁股到一百零八歲。她現在檢查我的包皮，動作就像教我使用牙線一樣自然，卻讓我這個人們口中的花美男，害羞不已。

「你可以現在讓我決定，也可以等到十八歲自己做決定，或者，等到你老婆幫你做決定也可以。我百分之百尊重你的身體自主權。這就是爲什麼你一出生的時候，我無法要求醫生先幫你割除包皮的緣故。你的身體，要貫穿你的意志力。」

十五歲的生日，她用說故事的方式告訴我自慰絕對不是罪惡，反而是雌雄同體的最高境界，最安全的性高潮。

「如果你愛一個女生只是爲了想品嘗性愛的樂趣，我會建議你先回家學習打飛機；如果你愛一個女生是因爲她也愛你，我還是會建議你先回家射精，想清楚對她的感覺究竟是兩腿之間的愛欲還是兩耳之間的愛情。」

我媽媽說這些話的時候臉上表情雲淡風輕，彷彿處女般嫻靜。她已經年近半百，歲月流轉將近二分之一個世紀，生命腐蝕她的經歷卻沒有在她臉上留下痕跡，純淨透明如月光的眼睛，讓我與她四目交接時經常無端地羞慚於自己偶爾編造的善意謊言而垂下雙眼，就怕她明瞭了欺騙的眞相會黯然神傷再度折磨自己。

因爲她說過：「我沒有那麼善良，所以我在苟活人世中尋找善良的動機；我沒有那麼慈悲，才念茲在茲努力建立慈悲的胸襟。」

就在一月一日迎接新曆年的前夕，當她塞給我一個保險套暗示我要學會保護自己，剎那間我突然明白，她已經走出身體的囚禁。

童貞總有一天會失去，任何一種形式都是殘暴的剝離，只有愛能決定是美麗還是陰影。

好比說乳牙這種東西，它也是身體的一部分，絕對要比成牙先長出牙齦，必須流著血凋離，才能讓二十八顆恆牙依序長出，成就健康的口腔環境。當我還是一個受精卵的時候，前十二週腦雛的發育，如果我媽媽灌輸我酒精，咖啡因與酚肽寧，我很難想像今日的我會是什麼樣的處境。但是我媽媽獨自呑噬了她的心靈風暴，以生命中最精華的靈魂哺育我，護衛我至今。我不再是那個只有三千六百八十九公克的初生嬰兒，任人餵養翻身洗淨；我已經是個性徵成熟的青少年，可以與任何異性交配繁衍生殖。

我是我，我也不是我。愛始終如一，變化的只是身體，肌肉骨頭白血球日日汰換交替，沒人會去珍惜五十西西的尿液，但是一定要保護腎臟。這就是我理解的永恆。

身體只是人間的載具，具備發音的頻率，語言是我媽媽最相信的聖經，她住在巴別塔裡。

小時候的我總是在生病，直到六歲之後才逐漸穩定。那一年九月，媽媽發現我竟然在秋天之前只用了三次健保卡，她驚喜莫名，決定帶我好好出去玩一趟。我們一起去東部鄉下住了一個星期，在母親曾經就讀的大學校園裡，她說，土地是最無私的養分，願意讓每一個親近它的人甦醒。

那是我第一次放風箏，在廣闊的綠色草地。

媽媽要我在風箏的紙片裡寫下願望，她說願望一旦飛上了天，天神比較容易看得見，於是我寫下：「安安永遠愛媽媽。」我故意不讓她看見我寫的願望，可能是因爲我有點害羞，可能是因爲我覺得默默的付出愛比大聲喧嘩的情操還要高貴一點點。但是，我卻發現她比我更高明，因爲她竟然對著風箏說話。

妳說什麼？

我的願望。

爲什麼不跟我一樣寫下來？

因爲這是祕密。

爲什麼妳可以有祕密？

因爲我愛你。

我就知道妳會這樣說。

每一次她不想讓我追根究柢追問某些沒有結論的事情時，都會以愛之名作爲理由，我便再也找不出任何藉口抽絲剝繭探詢疑惑。

放風箏其實是一件很辛苦的事情，必須不斷地向前奔跑讓風速與氣流乘載風箏的重量而飄忽上天，很會放風箏的人必定掌握了某種憑虛御風的技巧，而我只知道使用蠻力期待風箏能奇蹟似的飛上天。

事實卻與夢想背道而馳，展翅高飛之前是人類不斷的摔倒與風箏的墜落。我跟媽媽抱怨這是一個爛風箏，不會飛的風箏。媽媽回答我，沒有不會飛的風箏，只是我們沒有用對方法。於是我們一試再試，試到我的腦海裡不斷浮現出類似神農嘗百草，愚公移山，夸父追日如此這般史詩的畫面，直到那個巧妙的轉彎，與一陣來自中央山脈的清風，捲起小葉欖仁的落葉繽紛，木棉花婆娑起舞，我那充滿愛的風箏，飛上了天。

接下來的畫面彷彿演出偶像劇，鏡頭從晴朗碧藍的高空慢慢往下攀，遠處依舊青山，幾棟磚紅色的建築物坐落在芳草芃芃的平原之間，我和媽媽先是坐在草地上席地展開的大塑膠墊上，吃著她親手準備的蔬菜火腿三明治、洗乾淨削好的新鮮水果，媽媽喝一杯溫熱猶存的美式咖啡，我則是因為出外旅遊而破例可以喝冰奶茶，當然還有幾包洋芋片與蘇打餅乾，雖然是度假，但是媽媽堅持還是要吃得營養均衡。吃飽之後，我們脫掉鞋子躺在地上遙望天空，風箏越飛越遠，已經看不出來它本來是個彩色蝴蝶的造型，感覺像是天地間的一顆沙粒。

媽媽突然指著東邊的一朵雲跟我說：「你看那像不像伊伊？」我說是啊，眞的有點像，像伊伊蜷縮睡著時候的樣子。然後我也發現一朵雲，跟媽媽說：「妳看，那像不像老爺，在笑。」

她點點頭，遮陽帽掩住了她的眉眼，我看不清楚她是否眞的注意到那朵在笑的雲。我這麼說只是希望她快樂一點，不要老是想起已逝的事物，過去的事情有些就是過去了，如果我們一直停留在原地，風箏也不會飛起來。她以為我不知道她對著風箏許下了什麼願望？即使她是如此喃喃低語，我仍然聽得清晰透亮條理分明，她對著風箏許願說，她要把所有的壽命、健康、好運、全部送給我。

藍天白雲，遠山綠地，秋日裡微風徐徐輕吹，拂過青青如莽的草原上陣陣撲朔迷離，如茵如菁如菩提。她總是把最生命中最好的，奉獻給最愛的人。

我故意鬆開了風箏的握柄，讓風箏隨風而去。媽媽看著漸遠漸無窮盡的風箏，問我：「風箏飛走了？」我說是。她笑著說，那也好，我們的願望更靠近上帝。我用同樣的笑容回答她，上帝是公平的。

五

曾經，她跟我說過：你玩電腦吧？天空是最大的硬碟，所有的祕密都藏在天空裡，任憑那汙穢的殘忍的受創的記憶，都會因爲天空的無盡稀釋而澄淨透明。莊子說：「人生天地之間，若白駒過隙，忽然而已。」

就是忽然而已。不要太執著，所有關於身體的記憶。

那個時候我不懂，但是現在我懂了。

在她的電腦裡，一個藏在檔案「冬天」的子目錄「1999」的子目錄「蝴蝶」之下，我看到了那篇文章。

也算是三分之一個電腦高手與三分之一個文青與三分之一個自然生態愛好者的我，曾經對她設立檔案路徑的邏輯感到很沒有邏輯，一般人都會找尋一個主題來定義檔案的名稱，但是她這個主題完全不合乎任何理則學上的意義。因爲冬天幾乎是見不到蝴蝶的，在亞熱帶的台灣地區，許多蝴蝶到了冬天會以卵、幼蟲或蛹的型態度過，通常沒有機會在野外翩翩起舞；只有少數斑蝶、蛺蝶或是蛇目蝶科種類的蝴蝶，會以成蟲的姿態過冬，即使如此，牠們也寧願躲藏在濃密的樹林或是可以避風的山谷中，只在陽光普照的時候露出。

這篇文章藏得奇特，神祕，而且只有這一篇，屬於一九九九冬日裡隱藏著蝴蝶的故事。

*

走進十二歲女孩房間的遠房表親，用他厚實蠻橫的手掌摀住了她的口鼻，失去了聲音，只剩下呼吸。她睜著雙眼看著他的面容，二十歲的青年，光滑的額頭與緊閉的眼睛。他是母親那一系家族裡被栽培的菁英，弱勢的偏遠山區，長輩們都希望會讀書的他能夠出人頭地，國立工專的學歷讓他被寄予厚望，鄉鎮之光，宗族的揚眉吐氣，端賴他持續努力；但是遠離家鄉來到台北這繁華之都，五光十色江湖男女，讓鄉下青年逐漸心迷神離，青春的肉體。他不喝酒也不太會說話，他的眼神總是追隨著十二歲少女的身影，直到那天強迫她合而爲一。

最殘忍的告別式。

沒有開始也沒有結束，任憑野蠻走過身體。

她是她，她也不是她。靈魂依舊純真，但肉體已逐漸老去，昨天脫落的皮屑與長髮，是不復記憶的過去，沒有人必須被囚禁在十二歲的身體裡，永遠不原諒自己。

許多許多年以後，那男人再度出現在她的生命裡，伴隨著一聲對不起。

在飛行傘體驗營裡，意外悄悄來臨，她遇到擔任飛行傘教練的他。她私心以為二十年歲月的刻畫早已讓人改頭換面，沒有人會記得當年軟弱無能抵禦外侮的小女孩，當他帶著她飛上一千公尺高空，他的第一句話是：「妳不要怕，只要把自己想像成老鷹在天空裡翺翔。」

如鵬者摶扶搖而直上，高空中逐氣流而飄蕩，遠處蒼鷹滑翼，耳邊呼嘯颼聲起，一望無際的視野踩在腳底，青山碧野，白雲穹蒼，俯瞰大江東去，滔滔江河，遙想千古風流人物。

「對不起。」這是他的第二句話。

教練就坐在她的身後，兩人之間僅間隔著一根鋼製鉤環與繩索，她甚至可以感覺到他的體溫，他平穩的呼吸，他的胸腔起伏，他正在控制方向的強勁手臂，還有他那雙跨坐在她腰臀後方圈住她的大腿。剎那間她想鬆掉那根安全鉤環，讓她墜落吧！她不要當老鷹，二十年前黑暗的房間中她就已經是一片落葉，現在成為眞正的落葉也沒有人會同情。這一句道歉太遲太沉重，仿若突然襲來的無情暴風颳走了她唯一的面具，赤身裸體在距離海平面一千公尺的高空中，進退失據。

他帶著她漂浮在大氣層裡，遠處夕陽正逐漸西沉霽霞滿天，朱橘與靛藍滿布在海的那一邊，堆疊成迷漫繽紛的空谷倩影。山的這一邊已不復普照日光，深林裡幽微處綠樹濃蔭，蓊蓊如褪色蒙塵的鎏金琺瑯骨董青花瓷，蘊藏著久埋地底的歷史記憶。合約書上明明寫著一趟只有十分鐘的飛行旅程，他卻在天空中左右來回上下盤旋遲遲不肯落地，直到夜影自山頭逐步籠罩至東域，海的盡頭也浮沉在遲暮的薄光裡，天黑了，下一批期望搭乘飛行傘的人還在基地裡翹首等待，只見這把兩翅如鷹翼的大傘飄忽東西重複圍繞山林就是不見循線降落的軌跡。

「我要回家。」她說，幾近哀鳴。

「妳再聽我說一句，說完以後我永遠不會再說。我看到妳的第一眼就愛上妳，我不會表達，請妳原諒我。」

當他的最後一個聲音消失空氣裡，才開始用力拉扯控制滑翔翼的繩索，高度徐徐下降，如迷航墜落的蒼鷹。她的眼淚溢出了眼睛，好幾滴透明的水珠垂直掉落在大地，淚珠裡照映著喚不回的童貞，換不回的身體。

後來她聽說他選在颱風天的前夕，長征飛行傘的最遠距離，挑戰最高飛行間距，那一次，他起飛之後再也沒有落地。

終究是回到天空裡，就像那人說過的每一個字，每一個聲音，只有在天空裡才顯得眞實。

*

我彷佛身歷其境般，將母親這一切纖毫繁瑣的生命細節知道得這麼清楚，連我自己都感到非常不可思議。我不只是翻閱她的文字，我跟著她一起活，體驗著所有在我出生前後的生命軌跡，我從書寫裡感受著她的祕密，我用心眼看著一齣齣持續上演的人間悲喜劇，在我飄忽朦朧的視線裡上映。

我的視野有限，但天空無垠。

天空也是我眼睛裡所映照的最後人間景象。

一月一號的凌晨，喧囂之後的寧靜，我以爲我看到了星星，迎接我的卻是無止境的黑夜與安謐。

還記得那天下午的陽光照在我身上沒有陰影，我伸出雙手接受光卻是透明，三天之內我始終與我父親沒有交集，他要不是睡覺就是喝酒或離家出行，這三天我沒有跟任何人說話，沒有語言，只有文字「請給我三天的時間」。

三天已經到了承諾的末期，故事就要產生結局，我漸漸清醒，事實上我三天三夜沒有闔過眼，我用意志力回到自己的家裡，期望生活按照常態運作著食衣住行，喜怒哀樂，失業的父親用酒精痲醉自己，沉默的母親繼續上下班回家還要洗衣，我考上公立高中爲這個家帶來短暫的喜悅，但是升學的壓力經濟的壓力生活的壓力還是籠罩著，沒有片刻止息。

在舊曆年終我選擇與好友參加跨年晚會，生命中第一次夜遊，在歌舞昇華中試見太平，滿城歡喜只爲了一個共同的願念就是新的開始，新的希望與新的未來。人們都是期望新而厭棄舊，否則也不會出現經典「苟日新，又日新，日日新」的佳句箴言。我卻在一片新年新氣象中，暫時停止了生命的運轉。

還記得嗎？一月一日的凌晨，路邊有人在打架。

當時瀰漫跨年聖壇風雲慶典的歡樂群衆之外，迷路白鴿零星翩翩降落在各地，黑夜裡潔白的鳥體混雜在人群車陣中彷彿末世預言。

一個戴著棒球帽、身穿黑色皮夾克的男人，不斷出手揍打一個已經蜷縮在機車旁的男人。那個被毆打的小個子，一邊用左邊彎曲的手肘試圖保護自己的頭顱，另一隻手肘則搭配著左腳死命攀爬，幾乎沒有還手的餘地。接著我發現，被打的人是個殘疾人，他是個小兒痲痹患者，不知道什麼原因得罪了那個高個子，遭受一連串無情的痛毆。

我走上前去，想要阻止這場不公平的戰鬥。無論事情是如何開端的，打人都是不對的行爲，但是我還沒有開口說話，我的哥兒們已經團團圍著我，不想讓我加入這個事不關己的戰局。

突然間一切變得沉默。

片刻深邃而靜止的沉默突然讓我憶起很久很久以前，曾經歷過同樣的安寧靜謐，彷彿是混沌太初的源頭，只有循環不斷的汩汩水聲在我耳邊滾動，那幽暗卻釋放熱力的溫床肉膜，是女人的子宮。我曾經服貼在那骨中骨與肉中肉裡，如今重新體驗胚胎時期的寧靜與沉默，竟感覺這似乎才是一生中最安全的時光。

沉默……。

讓原本唱著歌、逗著女孩、或邊走路邊意猶未盡跳著舞的年輕人、汽車的引擎聲、商店的喧囂人群、步行的民衆，都變成了默劇裡的人偶。世界彷彿靜止不動，只有我的眼睛睜開著，看著烏黑的天際，那兒是我的初始生命來源之地，我以爲我可以看到星星，卻是沉默與漆黑迎接我，在新曆年一月一號的淩晨。

……。

我還沒有說話，那穿黑衣的高個子一轉身就拿著棒子打我的頭，我的哥兒們衝上來保護我，已經來不及阻止我成爲無因暴力的另一個犧牲品，我倒在地上，失去了意識。救護車將我送進了醫院裡，我的眼睛並沒有看到眞正的天空，那是腦海裡最後的反射記憶。醫生說我的顱骨骨折，急性顱內出血造成昏迷。

我不想變成這個樣子！我在心裡狂聲吶喊，但是沒有人聽得到我的聲音。我的一個念頭就是回家找我的母親，這世界上只有她最了解我，只要她跟我說話我就會立刻清醒，那是你們無法理解的愛的激勵。

我八歲的時候在地上爬來爬去，跟我媽媽說：「我現在是一隻老虎。」我媽媽接著說：「老虎，來喝水。」我說好，以老虎的姿勢爬過去喝水，不忘跟我媽媽說：「我是一隻聽話的老虎。」

這麼多的記憶，存在於我與我母親之間的點點滴滴，她用她最理解的方式愛我，我用我最感動的方式愛她。我們的心始終連繫在一起，即使剪除了臍帶也剪不斷我們之間的關係，那是我浸泡在她的體液中就密密滲入我所有骨髓肌理身心合一的愛情。

努力貫徹意志力將不死的精神帶回到家的我，卻看到桌上只有一張紙條：「請給我三天的時間。」

三天之後，會是永遠的背棄嗎？

如果我的顱內出血無法解決，如果我的腦部手術失敗，如果我的昏迷指數不斷降低，如果我變成了植物人，媽媽，還會愛我嗎？

三天前我相信我媽媽會愛我一輩子，但是現在，我開始惶恐於遺棄的基因，是不是也複製在我最親愛的媽媽的細胞裡。當生命面臨用盡所有努力皆無以挽回的悲劇時，只有逃離是殘餘的本能。逃離家庭，逃離責任，逃離束縛，逃離規範，逃離痛苦，也逃離愛。

媽媽！我沒有逃。

我在面對暴力時挺身而出，那是妳教會我的勇氣。我在網球比賽時以一個失誤與冠軍獎杯擦身而過也沒有氣餒，那是妳不斷提醒我的運動家精神。我念國中之後考試成績高高低低，妳勉勵我分數不是最重要的，學習動機才是終身取之不竭的無形財富。我幾度想要放棄鋼琴，妳耐心地解釋學鋼琴是爲了培養藉藝術紓壓的能力，當我心煩意亂有著說不出口的情緒障礙時，可以畫畫、打球、彈鋼琴來宣洩情緒，不要積累這些憂鬱操煩的事，積久了會內傷。妳說：「媽媽不會一輩子跟在你身邊聽你說心事，情緒只有自己能夠控制，心煩的時候就彈琴，讓音樂幫你說話。或是畫畫，讓色彩幫你平衡。如果我會彈鋼琴，我會一次又一次地彈奏月光奏鳴曲，讓貝多芬幫我表達說不出來的感情。」

我不會逃跑，我同妳一起住在巴別塔裡。我的心，始終跟妳的心，繫在一起。如果妳眞的決定遺棄我，我也不會遺棄自己。

這就是我的勇氣。

阿奇里斯的死穴在腳踝，我的死穴是愛妳。我用妳愛我的方式愛妳，最簡單的幸福，只要我愛的人快樂，我就得到幸福。

妳想飛，讓妳飛；妳想要自由，就自由。

一百零八歲的奢侈，十歲以後的我很少吵著要妳擦屁股，肉身不再包裹肉身，分離的那一天終究會來臨，臍帶眞正斷滅的那一天。八歲與十八歲、一百零八歲的屁股完全不相同，司芬克斯的謎語：什麼動物早上四條腿走路，中午兩條腿走路而晚上三條腿走路？妳瞧，兩千五百年前的劇作家已然明白人類一生的玄機，今天的身體只是明天的廢墟，我留戀的是眞心。只要眞誠面對自己，悲劇英雄也可以扭轉命運，刺瞎雙眼的伊底帕斯並不是結束在放逐，人生還有續集，二十年後他徒步走到聖地科羅納斯，重新現身時的獨白一語道破生命盡頭看見的風景，是愛化解了所有的困苦，非關基因。

三天之後妳若是決定再也不出現，我不會有一句怨言。我愛妳，一如初衷，從我是個渺小的受精卵開始。我會靜靜地躺在病床上，自己激勵自己早日甦醒，如果有一天妳還願意回來看我，接納我，我希望讓妳看到我堅強勇敢的那一面，就像妳在生命中不斷教育的方式，人要往前看，才不會有陰影。

媽媽，如果妳選擇在此刻翩然離去，我甚至還會有一點偷偷爲妳高興。妳終於找到了自己應該前往的方向，全心全意的成就自己。

只是我捨不得，非常非常的，捨不得。

愛與死，這麼接近，這不是老子說一句「福兮禍之相倚，禍兮福之相倚」就能夠輕易解釋，古往今來的哲學家太多事，我要的只是很簡單的幸福。

跟我媽媽一樣用盡一生的氣力想要追尋的平安與寧靜。

六

一月三號的深夜，醫院裡只剩下點滴與儀器的答答聲，幾乎沒有人走路。我在加護病房裡，用鼻管插入氧氣，我的頭腦很清楚，只是發不出任何聲音，語言與文字此刻對我而言是最浪漫的禮物，只要我能夠開口說話，不管有沒有人相信，我還是會大聲說愛。

那三天我在家裡見不著父親，因爲他大部分時間都在醫院裡，獨坐在加護病房外的家屬休息室，經常偷偷擦拭他的眼睛。他的頭髮白了，眼角滿是魚尾紋，他沒有力氣陪我打球，住在山上連爬山運動的意願都沒有，他收集空酒瓶，每次都希望下一次喝的酒更高級，他失業七年，他還在努力，他是我爸爸，雖然無能爲力卻依然是我的另外半個身體。

我外婆也在休息室裡待了兩天，她比我爸爸更老，老到無法讓人看清楚當她年輕時有多麼美麗，美麗到隨意用容貌當武器。自從我老爺死後，她的直屬血脈只剩下我母親，當她聽到我媽媽離家出走的消息，情緒崩潰的她緊緊抓住我爸爸的衣領嘶吼逼迫：「你一定要想辦法找到她，她會去自殺！」
只有我是最鎮定的，因爲我瞭解我媽媽，她不會用這種方式遺棄我，她如果決心離去也必定像是多年前我們一起發現的小鴿子，修護了剛剛飽滿的羽翼朝自己的天空飛去。
我外婆到現在還是不瞭解她的親生女兒。
人間三天，煎熬不只歲月。此刻深夜，他們兩人在加護病房外的休息室裡，一個東一個西，各自找地方臥眠。距離三天的結束時間只剩下八分鐘，我已經開始幻想我媽媽可能坐上前往日本京都的飛機。她喜歡銀閣寺，枯山水，寧靜的人間縮影。或者追尋陽光，在東海岸任意的海岸邊戲沙，小時候她最喜歡帶我去海邊，特別是無人的海邊。她讓我赤腳行走於沙堆，探索大地的氣息，觸聞海風的鹹味，聆聽浪擊沙灘的梵音海潮音。或者，只是一個圖書館，那是我們倆從前最愛結伴同行的地方，不用花一毛錢就能得到最大娛樂的知識寶庫。常常，我在童書區裡翻遍了各種書籍，把我要看的書堆得比桌子還高，她也是，把她要看的書全部搬來兒童區，母子倆共同消磨午後時光。
如果她決定選擇自己的幸福，那也就是我的幸福。
夜深了，再過一分鐘就是灰姑娘魔法消失的時間，我最親愛的媽媽，幕即將落下，是要說出「永別了」這句台詞的時候嗎？
我聽到喀喀的腳步聲，節奏輕盈，卻沉重觸地。
一步一步地，朝著病房走來。

腳步聲先是在加護病房外的休息室區停頓了一下，我看見一雙蒼白的手，將外婆身上掉落的毯子，重新披上，讓她保暖。然後腳步聲又響了幾下，移到父親身旁，凝駐了一會兒，纖弱的身軀，彎下腰來，輕輕地在父親的耳鬢旁吻了一下，輕柔地彷彿是不存在的夢境，我父親絲毫沒有任何感覺，繼續熟睡打鼾。

是她。

她跟護士要了隔離衣，靈巧地套進這件藍白條紋的布袋中，洗淨雙手，翩翩然走進我的夢裡。

不是夢，我跟自己說，我媽媽回來了，在她承諾的三天七十二小時，她一如往昔，實踐她的每一個允諾。十六年來她也許有祕密，但是從來不會對我說謊，她說了「請給我三天的時間」，我相信，她一定會回來給我一個答案。

「我愛你。」

我媽媽在我耳邊，清楚地告訴我，用她十六年來縈繞我耳邊始終溫柔美麗的聲音，跟我說，愛。

「我愛你。」第二次，她流下了眼淚。

媽媽不要哭，愛是不會讓人流眼淚的。媽媽我希望妳幸福，妳的幸福也就是我的幸福，媽媽相信我，我一定會讓妳聽見我大聲的回應妳：「我也愛妳。」就像我們玩過無數次的床邊遊戲，小時候，每次妳陪我入睡時，都會牽著我的手，我們凝視彼此的眼睛，所有的記憶與喜樂都留存在眼睛的光采中，那一刻，我們總是調皮地試著感應誰會最先說出：「我愛你」。

愛是這麼容易，只要我們願意。

「我愛妳。」

後記

愛與傷痕

其實，這是一封遺書。

當我的指導教授，在我通過了碩士口考的最後一關，確定可以領到畢業證書，輕聲細語這樣告訴我的時候，我再也無法控制眼淚，噗簌簌地潸然流下。

四年前，我帶著一身傷痕，隻身前往花蓮就讀東華大學創作與英美文學研究所，我一直以爲自己過不了這一關，我不是作學術研究的料，又離開校園太久，過去荒廢了許多青春歲月，思維如同井底之蛙，總以爲自己在高中時憤青般折磨自己的閱讀量，已經夠用一生，因此浪蕩許多年，追尋著社會上約定俗成的價值，明知那些價值讓我不快樂，可是爲了父親，爲了那些曾經在傷口上灑鹽的左鄰右舍，爲了證明受到詛咒的靈魂也能因奮戰而新生，我依傍著主流價值生存，浮游。

我拋棄了內心深處最親密的女孩，她在很小很小的時候，就只想過一種平安寧靜的生活。那女孩從小沒有媽媽，沒有朋友，沒有爺爺奶奶九族宗親，只有年紀大上四輪的老爸爸，和一隻流浪狗，還有很多因爲天花板漏水而添加潑墨插畫的書籍。她的朋友是文字，她的兄弟是一隻忠心的狗，她的愛情是爸爸。她總是幻想一個家，那個家不要大，不要豪華，不要漏水就可以，但是一定要有滿滿的愛。

愛是什麼？

她看著父親癡迷地等著母親回家，她看著忠狗憨傻地等著她回家，她看著自己安靜的等著爸爸回家。如此平安寧靜的生活，如此的愛。

「孤獨與寂寞是殘疾二人組，稱兄道弟」。因爲自認殘疾，不想讓人看見卑微的愛，女孩躲藏在我的心裡，久久遺忘了自己的願望。直到命運重複了所有的傷痕，隱藏的創傷終究沒有痊癒，細菌是不死的基因，奮戰是它最愛的佈局，它熱戀槍砲武器與血液，只有洗滌才能活下去。

我剛來到花蓮的時候，已經是個屍體。

同學們的年紀小我將近五分之一世紀，第一次離鄉背井，又住到有人自殺的宿舍裡，我覺得我就要卡陰，行屍走肉加上靈魂被占領，這眞是個完美的鬼魅大結局。每次來上課我都強烈感覺學期末一定會被當掉，每科都得C，我聽著「學長學姐」勇於發言的高深妙答，更覺得自己像白癡眞想一輩子喉嚨發炎逃避老師的問題。我的第一篇報告全班最低分，但也得到A⁻，我開始有種朦朧的自信也許這一切並沒有那麼難，只要我繼續努力。東華創英所的老師個個學問豐富，他們在上課的時候都羽化爲一首詩。念研究所不是念高中或大學，教授們也不是張老師，會主動殷勤來關心你的課業輔導難題，但是，他們都是豐富而飽滿的詩，必須讀者自己進入詩的體系去感受去閱讀去欣賞去吸收，就會潛入內化成自己的知識寶藏。

這個屍體漸漸復活了。

我要如何形容讀書與學習的快感呢？喔！我用快感來形容，因爲它遠遠超過快樂的情緒單一性，知識的追求是心靈勞動，靠自己不假外求，得到的養分灌溉在心裡，滋養著乾涸枯萎的種子。那已經不只是單純的快樂，而是找到了伴侶，在情感上產生滿足。老師們開出的書單，我幾乎全部沒看過，這才發現世界運轉的太快，我以前的狹隘只配作個糞青。我在圖書館重新拾起當年沒有細讀的中外文學經典，不同的年齡再去閱讀同樣的作品，更驚嘆前輩作家如此經得起考驗。我聽演講，吸收各類知識精華；我躺在草地上，仰視浩瀚天空；我總是遙望遠山，寄語說不出的依戀。我是如此感動，後來我更覺察到，每一次我的感動竟也伴隨著一聲輕語的感謝。

當我發現我找回了感動與感謝的能力時，我知道我活過來了。

距離上一次發表《夜夜要喝長島冰茶的女人》短篇小說集，已經有十五年。中間有好長一段時間，我幾乎寫不出東西來。剛進創英所的時候，完全呈現腦殘狀態，當時寫不出東西還拿舊作來敷衍（內心告解：我眞是對不起那些用心授課的老師們啊！）但是我看到同學們是這麼純眞而認眞的練習寫作，老師們也同樣純眞而認眞的教導，我覺得我再敷衍下去那麼我眞是一個比政客還混帳的東西。於是我開始嘗試硬著頭皮去寫，接著掏心掏肺的寫，直到成熟運用各種形式的書寫，漸漸走到有能力完成一部長篇小說的地步。《三天》就是我在東華創英所四年鍾煉出來的結果，它是一粒種子，啓蒙我心底眞正的願望，從很小很小的時候，我爸爸讓我在滿一足歲時抓周，我只抓了一隻鉛筆和一張白紙開始。

書寫，讓我最靠近我所渴望的平安與寧靜。

《三天》是個探討愛與傷痕的故事。我始終相信「愛」這個字具備了強大的能量，雖然它只是一個符碼，它只是一個定義。更重要的是人們在驅動愛的能力時，所使用的方式。「童眞總有一天會失去，任何一種形式都是殘暴的剝離，只有愛能決定是美麗還是陰影」。

人間一切眞善美，只有愛的方式能夠決定。不要因爲我對你好，你就必須被我綁住；或者你總是說爲了我好，我就必須跟你在一起。愛是自由，愛是讓人舒服的存在（沒有主義），愛是能夠享受到平安寧靜的生活，跟隨我的心。

《三天》之後，我的下一個計畫是「大地書寫」。這個名詞聽起來好嚴肅，但我是眞心的，感激台灣東部這片接納我、讓我靈魂復甦的土地。東華大學創作與英美文學研究所，四年前我帶著憂傷而來，因爲這裡的老師與同學，四年後我滿懷微笑而離去。指導教授林惠玲老師，是我徬徨無助時的明燈，永遠的良師益友。博學且才華卓越的李永平老師，寬容的鼓勵我每一個草莽的創作靈感，引導重點傳授經驗。曾珍珍老師永遠像溫暖的光照耀著課堂閃耀生輝。郭強生老師在創作課中新穎出題：「十年後的我」扭轉了我以他者書寫的冷漠態度，體會到眞心面對自己才有眞誠的作品。口試委員須文蔚老師，認眞閱讀《三天》給予的寶貴意見，以及高榮禧老師的導讀。更要感謝印刻出版社初安民先生與一鯉姐；初先生總是用他最奇妙的方式在最適當的時刻給予我最溫暖的鼓勵。一鯉姐的傾聽與諒解，是我沒有血緣關係的眞正大姐。我最好的朋友惠美，在一夜之間就看完了《三天》，她用眼淚支持我要繼續寫下去。還要感謝斐青姐，她教我認清現實與幻想的距離，處處提醒，清醒時創作，莫酖溺情緒。

一本小說的完成，除了扉頁篇篇，眞實的創作過程裡也有太多故事可以分享，誠如一位出版界好朋友所說：「書出版之後，會有自己的命運」。《三天》的命運，如同你我，都要自己走。我應該是快到了知天命之年，但我知道的天命很簡單，那就是很小很小的時候，發自內心的願望，渴望平安而寧靜的生活。然而我們都是活人，也都明白，渾沌濁世，幸福不會像白雪公主吃了毒蘋果還能夠輕易甦醒。幸福與愛相同，都只是一種定義，關鍵在如何驅動定義。這本書，要獻給一位深深讓我體認到幸福與愛的方式，原來可以這麼簡單，如此美好的人——曉安。

INK PUBLISHING 文學叢書 319
三天

作　　者　朱國珍
總 編 輯　初安民
責任編輯　洪玉盈
美術編輯　林麗華
校　　對　謝惠鈴 洪玉盈 朱國珍

發 行 人　張書銘
出　　版　INK印刻文學生活雜誌出版有限公司
新北市中和區中正路800號13樓之3
電話：02-22281626
傳眞：02-22281598
e-mail：ink.book@msa.hinet.net

網　　址　舒讀網http：//www.sudu.cc
法律顧問　漢廷法律事務所師
劉大正律師
總 代 理　成陽出版股份有限公司
電話：03-3589000（代表號）
傳眞：03-3556521
郵政劃撥　19000691 成陽出版股份有限公司
印　　刷　海王印刷事業股份有限公司

港澳總經銷　泛華發行代理有限公司
地　　址　香港筲箕灣東旺道3號星島新聞集團大廈3樓
電　　話　(852) 2798 2220
傳　　眞　(852) 2796 5471
網　　址　www.gccd.com.hk

出版日期　2012年4月　初版
2012年11月　初版二刷
ISBN　978-986-6135-83-5

定　價　260元

國家圖書館出版品預行編目資料

三天／朱國珍 著；
--初版，--新北市：INK印刻文學，
2012.04　面；　公分（文學叢書；319）
ISBN　978-986-6135-83-5（平裝）

857.7　　101005208